JN017709

天声人語

2022年7月—12月

朝日新聞論説委員室

朝日新聞出版

目次

2022年7月

2022年8月

2022年9月

2022年10月

2022年11月

2022年12月

天声人語

2022年（令和4年）7月—12月

装丁　加藤光太郎
装画　タダジュン

2022

7
月

塗りつぶされない心　7・1

香港のいまを描く映画を2本見た。今夏、日本で公開される「時代革命」と「ブルーアイランド憂鬱（ゆううつ）之島」。どちらも自由化を願う2019年の抗議運動が弾圧される過程に迫る。

両作品とも香港では劇場上映されていない。「時代革命」はデモに加わった若者が叫んだ標語でもあった。タイトルが監視当局を刺激しかねず、海外の映画祭でも直前まで伏せられてきた。

かつて記者として駐在した香港の見慣れた繁華街で、これほどむきだしの強権がデモを蹴散らしていたとは。中国語を学びに私が毎週通った大学に催涙弾が撃ち込まれる場面は悪夢としか思えない。

14年の雨傘運動のころとは何もかも変わった。選挙の民主化を訴えて若者たちが2カ月余、幹線道路を占拠。だが警察は遠巻きに包囲するのみ。当時も〈時代革命〉の標語が街にあふれた。等身大パネルの習近平（シーチンピン）国家主席の手には黄色い傘が結わえられ、デモ参加者が楽しげに撮影していた。

国家転覆共謀罪、公共秩序暴動罪、不法集会罪……。「憂鬱之島」では、訴追された人々が罪名とともに次々と紹介される場面がある。香港国家安全維持法が施行された20年以降、幾多の人々が自由を奪われた。画面の「被告」たちは若く、まなざしに憤りをたたえる。

香港が英国から返還されてきょうで25年。共産党の赤、親中派の青。この2色が香港の空を覆い、抵抗のシンボルの黄色はすっかり消えた。だが自由を希求する人々の心まで塗りつぶすことはだれにもできない。

サハリン暴風　7・2

戦前、樺太（サハリン）には40万人もの日本人が暮らした。終戦まぎわの1945年夏、ソ連軍が侵攻し、日本の樺太庁の施設や鉄道、学校、工場などを接収した。

接と収。字面はやさしいが、強奪である。昨日、報道でその言葉を久々に目にして考え込んだ。ロシアのプーチン大統領が、日本企業も出資する天然ガス・石油開発事業「サハリン2」をロシアのものとする大統領令に署名した。

日本は1969年、初めて液化天然ガス（ＬＮＧ）を輸入し、以来、その利用で世界を先導してきた。70年代、2度の石油危機をへて、原子力と並ぶエネルギー多様化の柱に。東日本大震災で原発が止まると、役割はさらに高まった。

ＬＮＧはマイナス１６２度の超低温に冷やし、魔法瓶のようなタンカーで運ばれる。日々の炊事を支える都市ガスや、冷房や冷蔵庫に欠かせない電気にも使われている。文字通り私たちの命綱だ。

資源の乏しい日本は、いつの時代もエネルギー源の確保に頭を悩ませてきた。樺太庁も懸命に島で石油採掘を試みている。石油に比べ、ＬＮＧは輸入元の多さが強みだったが、今回の件でサハリンからの供給は不透明になった。〈すべての卵を一つのカゴに盛ってはならない〉。リスク分散の大切さを説く格言をかみしめる。

貿易や投資を通じたグローバル化が友好につながるという幻想は、もはや崩れた。「法の支配」を踏みにじる国々とどう切り結んでいけばよいのか。つくづく難しい時代に入ったものである。

スタバ、アマゾン……　7・3

コーヒーチェーンのスターバックス、インターネット通販のアマゾン、そしてｉＰｈｏｎｅなどを扱うアップルストア。この三つの共通点は何か。それはここ1年、労働組合を結成する動きが米国で現れたことだ。

アップルストアの場合、メリーランド州の店で先月中旬、労組結成を問う投票が行われ、従業員の多数が賛成した。全米270以上ある店舗で初めての出来事となり、他の店にも広がる可能性があるという。

結成ドミノを食い止めたい会社側は、最低時給の20ドルを22ドル（2980円）に引き上げるなどの懐柔策に出た。しかし米メディアによると、同じく結成をめざしているニューヨーク中心部の店の従業員たちは、時給30ドル（4060円）の要求を掲げているという。

日本と同じく労組の組織率が下がり続けてきた米国だが、ここにきて労組結成ブームとも呼ばれるほどの潮流になっている。背中を押しているのが急激なインフレで、消費者物価指数の伸びは40年ぶりの水準に達しているという。

米国ほどでないにしろ、日本の物価上昇もなかなか止まらない。参院選でも争点になっているが、最大の処方箋（せん）はやはり賃上げだ。原材料から商品への価格転嫁が進むなか、それを支える購買力がなければ経済は回らない。賃上げもまた、社会に必要な価格転嫁の一種であろう。

だからこそ労組の果たす役割は極めて大きい。忘れかけていたことを改めて教えてくれるのが、米国のスタバ、アマゾン、アップルで働く人たちだ。

ＫＤＤＩの通信障害　7・4

神はいたる所に存在する。それを表現する言葉が、旧約聖書の「詩編」にある。「前からも後ろからも私を囲み、御手を私の上に置かれる」「どこに行けば、あなたの霊から離れられよう」。こうした感覚をユビキタスという。

そんな宗教用語は後に、ＩＴ用語として使われるようになった。あらゆるモノにコンピューターが組み込まれるのがユビキタス・コンピューティングで、それぞれがインターネット通信でつながるのがユビキタス・ネットワーキングだ。

ふだんは気にとめないものの、通信のユビキタス化は思った以上に進んでいるようだ。ＫＤＤＩの通信障害が2日間にわたって続き、様々なところに影響を及ぼしている。鉄道貨物に遅れが出る。バスの現在位置が把握できなくなる。

銀行のＡＴＭが動かなくなる。気温や降水量などを観測した情報が集約できなくなる。もちろん携帯電話の通話もできなくなり、待ち合わせしたのに会えなかった人も少なからずいたのではないか。いつでもつながる社会が突然、遮断された。

もっと進んだ世の中なら、どうなっていただろうと考えてみる。例えば未来の自動車として想定されるのは人の手を必要としない完全自動運転で、それぞれの車が高速通信でつながっている。車同士が会話しながら、円滑に走行するような仕組みである。

その会話が途絶え、玉突き事故となるような事態は起きないだろうか。神ならぬ人間が運営する以上、幾重もの安全対策を講じなければなるまい。

自分だけの……　7・5

「ひそかに気に入っている自分だけの流行」を意味するマイブームという言葉は、世にすっかりなじんでいる。しかし登場した当初は、ブームという社会現象にマイという個人的な色合いをつけたのが新鮮だった。

造語したイラストレーター、みうらじゅんさんのセンスであろう。選挙前になると「マイ争点」という言葉も耳にするが、あまり浸透はしていないかもしれない。それでも自分なりの判断基準を持てば、選挙が身近な存在になる気がする。

物価高や安全保障など前面に出ている話だけでなく、奨学金問題、夫婦別姓、あるいは移民政策などもあろう。NPO「移住者と連帯する全国ネットワーク」のサイトをのぞくと、入管のあり方や難民の保護などについて各党に問い、回答を公開している。

スリランカ人ウィシュマ・サンダマリさんが入管で死亡したのが昨年3月で、本来なら主要な争点になってもおかしくない問題だ。次から次へ押し寄せるニュースに翻弄(ほんろう)されないためにも、いくつかマイ争点を持ちたい。

投票には一種のあきらめが必要だと、選挙のたびに思う。マイ争点Aで心強く思う候補や政党に、マイ争点Bでげんなりさせられる。それでも、よりましな選択をするしかない。棄権は誰か他の有権者に未来をおまかせする行為だからだ。

そういえば最近の街頭演説でこんな訴えを聞いた。「我々も100点満点ではないかも。消極的な支援で結構です」。身もふたもない言いぶりではあるが、よくお分かりで。

公衆電話を探す　7・6

公衆電話が歌詞によく出てくるのは、それが大切な誰かとつながるためのかけがえのない手段だったからだ。かぐや姫の曲「アビーロードの街」では、恋人と疎遠になった男がポケットをさぐり、10円玉を見つける。〈公衆電話だから大きな声で言えないけれど　好きなんだ〉。ボックスではない公衆電話は周りに声がよく聞こえた。同じくかぐや姫の「赤ちょうちん」では、恋人と別れた女が雨の夜、電話ボックスの中で泣く。一人用のあの箱が都会の避難所であるかのように。

かつてどこにでもあった公衆電話は、ピークの１９８４年度から6分の1まで減ったという。それが一時的に脚光を浴びたのは、ＫＤＤＩの通信障害でスマホがつながらなくなったからだ。大切な人と話すため、緑色の電話を探す人が増えた。

しかしその少なさゆえ簡単には見つからず、スマホで場所を調べることもできない。障害のある肉親に連絡を取ろうと車で20分探したあげく、小銭の持ち合わせがないのに気づいた人の話が本紙デジタル版にあった。

安全策として2台目の携帯電話を持つのがいいと言われても、とてもそんな費用はかけられない。同じようにＮＴＴも、万が一のため公衆電話を大幅に増やすのは難しいだろう。せめて自宅近くだけでも場所を確認しておきたい。

スマホの電子マネーが使えない場合に備え、ポケットに小銭を入れておく。大切な電子チケットは念のために写真を撮る。小さな避難所を作っておくことの大切さを知る。

最高裁と原発　7・7

福島の原発事故について最高裁が先月出した判決は、国に対してずいぶんと寛大だった。国が東京電力に十分な津波対策を取らせなかったことが問われ、複数の高裁で国の賠償責任を認める判決が出ていた。しかし最高裁は、それを覆した。

「端的に言えばあまりに大きな津波だったため……」と裁判長が理由を説明していた。当時の知見からすれば防潮堤の設置はできたかもしれないが、それでも事故は起きていただろう。だから規制当局である国の責任を問うことはできないという理屈だ。

役割を果たさなかった国に対し、驚くべき優しさである。未熟者ゆえに大目に見られたかのような印象すら受ける。認めがたい判決だが、百歩譲ってその理屈に従えば、はなから国には原発規制を担うだけの能力がなかったことになる。

原子力の問題は突き詰めて言えば、人類にそれを担う当事者能力があるのかということだ。放射性廃棄物は、10万年という気の遠くなる時間を使って隔離する必要がある。原子力事故が起きれば人は近づけず、制御困難になることを私たちは学んだ。

2022・7月

事故の後しばらくは国政選挙の主要な争点となった脱原発だが、10年余りたったこの参院選での注目度は決して高くない。足もとのエネルギー価格高騰を背景に、積極的に原発を使おうという主張も増えている。

もしも放射性廃棄物が口をきけるなら、人間たちの忘れっぽさを笑うのではないか。お前たちの物差しでは、俺たちをはかることはできないのだと。

育休改め育業　7・8

「コンテンツ」という言葉が嫌いだ。中身という意味のこの言葉を初めて耳にしたのは通信業界を取材していたときのことで、もう20年近く前になる。ネットビジネスの世界で映画や音楽、ドラマなどの総称として使われていた。

映画は映画であり、音楽は音楽ではないか。十把一絡げはおかしいと思ったが、あれよあれよという間に広がった。お金になる物をまとめて扱うのに便利な言葉だったのだろう。いまや文芸やニュース記事すら例外ではない。

そんなことに反発を覚えるのは頑迷固陋（がんめいころう）だろうか。映画も音楽も昔から商品だったではないかと言われるか。しかしコンテンツという言葉で商品性が前に出ることが、作り手の姿勢に影響するような気がしてならない。

日本古来の言霊信仰を引き合いに出すまでもなく、言葉そのものが持つ力は侮れない。東京都が「育休」の言葉を改めようと決めたのも、語感の影響力ゆえだろう。育児休暇といっても休みからはほど遠い。そんな意味を込め「育業」が新しい愛称に決まった。

父親になり育休を取った同僚によれば、上司から「ゆっくり休んでこい」と言われたのがこたえたそうだ。決して悪気はなかったであろうそんな人が、育「業」の字にハッとするなら一定の効果はある。もちろん本丸は取得しやすい制度や環境を整えることなのだが。

言葉に霊力が宿るかどうかはさておき、社会のありようは染みついている。言葉を見直すことは、そのありようを考え直すきっかけになる。

選挙期間中の凶弾　7・9

選挙の期間中、人びとに演説をする場で政治家が凶弾に倒れる。世を震撼(しんかん)させる事件だが、決して前代未聞というわけではない。戦前の１９３２年、衆議院選挙のさなかに、元蔵相の井上準之助が演説会場で撃たれた。

「一人一殺」を唱えるテロ組織、血盟団の犯行だった。その首領である井上日召は選挙について「政党巨頭を狙ふのに絶好の機会だ」と仲間に語っていたという（中島岳志著『血盟団事件』）。

まさか現代の日本で、選挙が凶弾に蹂躙（じゅうりん）されるとは。駅前のロータリーにのぼりを立てて演説する。そんなおなじみの光景が硝煙にまみれた。亡くなった安倍晋三元首相のご冥福を祈る。与野党を問わず、暴力に屈しないとの声が出たのは当然だろう。

普段は縁遠く感じる政治家たちが、こちらに近づいてくる機会が選挙である。話を聞き、問うための場を、命を奪う場にしたのが、現場で逮捕された41歳の容疑者だ。手製とみられる銃を隠し持ち、待ち構えていた行動の裏に、どんな暗い熱があったのか。

まさか現代の日本で、と書いたが、政治家への暴挙は残念ながら時折起きている。２００７年には長崎市長が銃で命を奪われた。暴力の卑劣さは、何度非難しても非難し足りることはない。

血盟団の井上日召は戦後、「政治がよく行われて、誰もテロなどを思う人がない世の中を、実現したいものだと念じている」と雑誌で述べた。違う。どんな政治であっても、それをただすのは言論、そして民主主義の手続きである。
＊7月8日死去、67歳

西大寺を歩く　7・10

きのう午後、大和西大寺駅を降りると、雨脚が強くなった。安倍晋三元首相が銃弾に倒れた駅北口では、人々が長い列をなし、追悼の花をささげている。400メートルはあろうか。赤ちゃんを抱いた女性、スーツ姿の男性。文字通り老若男女が雨のなか粛然と並ぶ。供花の脇に置かれた色紙には「ご冥福を。日本は託されました」という言葉もあった。

駅にほど近い西大寺を訪ねた。駅の名もこの由緒あるお寺にちなむ。創建は奈良時代の8世紀。聖武天皇が平城京の東郊に東大寺を建立したのに対し、その娘である称徳天皇が国家鎮護のため西郊に建てた。

境内に入ると雷鳴が聞こえた。四王堂（しおうどう）で目がとまったのが「邪鬼」の像だ。創建期から兵火をくぐり抜け、傷つき焼かれながらもいまに残る。四天王に踏まれる邪鬼を見つめるうち、とっさに組み敷かれた狙撃犯のことを連想せずにはいられなかった。目と口を見開いた邪鬼の表情は苦悶（くもん）にゆがむ。私たちの弱さや愚かさを映す鏡のようだ。

何が凶行に走らせたのか。本格的解明はこれからだが、胸の底にマグマのような鬱積（うっせき）があったのだろう。彼の銃弾が脅かしたのは、私たちの国のありようそのものではないか。西大寺を後にしつつ、民主主義の意外なもろさを思った。

だが静かに献花に並ぶ人たちには励まされた。演説中に倒れた元首相の死を悼み、言論や選挙を重んじたいというメッセージを痛いほど感じた。きょうは参院選の投票日。投票こそが私たちの決意の表明である。

趣味性癖我欲打算の府？　7・11

河童（かっぱ）、神隠し、座敷ワラシ。伝承を集めた『遠野物語』で知られる民俗学者柳田国男には別の顔があった。大正期の貴族院書記官長である。議員たちの仕事ぶりには憤りを募らせていた。〈組織に病がある〉〈二院制の妙用などは到底期待することを得ぬ〉。書記官長を辞し、朝日新聞論説委員となって、古巣に鋭い筆を向けた。議員の〈趣味性癖我欲打算〉がぶつかり合うだけ。貴族院が生むのは〈悪い事はしなかつたといふだけの消極的功労〉と切り捨てた。

人と霊が行き交う世界を詩情豊かに描いた柳田だが、政治論説はあくまで容赦がない。国家の功労者や学識者を集めたはずの貴族院がいかに虚飾と無策の府に堕しているか嘆いた。当時から貴族院はたびたび改革が叫ばれたが、その弊を自ら是正することはできなかった。

貴族院は敗戦を経て参議院に改められるが、ＧＨＱは一院制を採るよう日本政府に圧力をかけていた。日本側が「多数党の誤りをただす」観点から押し返したものの、繰り返し不要論が出てくるのは参議院の宿命かもしれない。

参議院の誕生から75年。きのうの選挙は自民党が改選過半数を制した。ただ有権者は白紙委任を与えたわけではない。現政権の「消極的功労」に「消極的支持」を示しただけという人も多いだろう。

〈国内にも外交にも予想せざる新問題は続出し〉〈生計は更に苦しくなつた〉。1世紀も前の柳田論説がいまもそのまま当てはまる。当選した議員の皆さんにもご一読を勧めたい。

2022・7月

タレント議員たち　7・12

参議院の顔ぶれが決まった。当選者には元アイドルや元スポーツ選手もいる。行政や政治の経験がない「タレント」が、国会議員となる意義は何か。

この問いに取材記者として直面したのは12年前の参院選。山口選挙区に立った俳優原田大二郎さん(78)を2カ月間、追いかけた。与党民主党の小沢一郎幹事長（当時）の一存で決まった擁立劇だった。

集票の「広告塔」という党の狙いは明白だったのでは？　今回の参院選期間中に原田さんを再訪して尋ねた。「その批判は歯牙（しが）にもかけなかったね」。立候補したのは「弱い人を助ける」という民主主義の理想を追うため。「選挙を通じて、うごめく人間を知り、大海を見せてもらった。役者としても無駄ではなかった」

甘い期待が砕かれたのは投開票の前日。「突然、聴衆が氷のように冷えていた」。演劇のプロとして観客の反応には敏感だ。「有権者は前日、誰に入れるか決めるんだろうね。『負けた』とわかった」。大敗し、俳優の道に戻る。

取材の参考に、近刊『評伝宮田輝』（古谷敏郎著）を読んだ。タレント議員の苦悩を伝える。ＮＨＫ出身で１９７４年の参院選全国区でトップ当選した。ときの田中角栄首相から「強い要請」を受け、ＮＨＫが選んだ「人身御供」だったという。3期目の任期半ば、68歳で病没している。

初当選したタレント議員の方々も知名度ゆえに担ぎ出されたことはご承知だろう。政治の舞台で何を見せ、何を残せるか。有権者は目を凝らしている。

元首相の葬送　7・13

取材ヘリに乗り、安倍晋三元首相のなきがらを運ぶ車の列を見た。東京・芝の増上寺を出た車が向かったのは自民党本部、首相官邸、国会議事堂。権力の回廊をひつぎが行く。

追悼の黒い人波が見えた。東を向けば両国の国技館が視界に入る。トランプ前米大統領をここに招待したのは3年前。元首相は並んで大相撲の千秋楽を観戦した。安倍外交の山場だった。西側には新宿御苑が見える。「桜を見る会」の舞台で、地元支援者らを大勢招き、批判を招いた。森友・加計問題についても、本人から説明を聞く機会が永遠に失われた。

この人が撃たれて亡くなるなどだれが予測しえただろうか。銃声は日本の治安に寄せる信頼も打ち砕いた。容疑者は宗教団体に恨みを抱いていたようだが、衆人環視の中、元首相が惨殺されたという事実はあまりに衝撃が強く、いまだに受け止め切れていない。

思い起こせば、子どものころにも似たような感覚をニュースから受けたことがある。1970年の作家三島由紀夫の自決だ。周囲の大人たちに事件の意味を尋ねても、だれもが咀嚼（そしゃく）できていないように映った。そんなことを考えているうち、眼下には防衛省、そして三島が自衛隊員に決起を呼びかけた建物も見えてきた。

葬列は国会の前で視界から消えた。一つの時代が終わった。それでも何事もなかったかのように人や車が行き交い、巨大都市・東京は脈動している。ゆく河の流れは絶えずして、しかも、もとの水にあらず。その一節を思う。

文豪の左遷　7・14

学問の神様、菅原道真の例を挙げるまでもなく、栄達の道に陰りが生じて肩を落とす人はいつの世にもいる。文豪森鷗外もその例に漏れない。

〈小生の異動は左遷だと職場の一同が話しています〉。37歳の鷗外はそんな泣き言を母に書き送った。１８９９（明治32）年、九州・小倉に転勤した直後だ。医学を修めたころ自分より成績の低かった同期の軍医が上司となり、不本意な転勤を命じられた。

陸軍を辞めようかと考えたが、軍医仲間から「自分から退けば上司の思うツボ」と慰留される。不満を抱えて小倉へ赴き、師団の軍医部長に。やがて心境に変化が現れる。

「玉水俊虠(たまみずしゅんこ)という学僧との出会いが大きかった。学徳があるのに荒れ寺に住み、俗事にとらわれない。生涯の親友となりました」。今川英子(ひでこ)・北九州市立文学館長(71)は指摘する。

2年9カ月ほどの小倉在勤中、鷗外は軍務のかたわら、アンデルセン『即興詩人』の翻訳などに励む一方、仏語を熱心に習い、九州一円で武将や学者の墓石を調べ歩く。庶民の価値観に親しんだのもこのころ。当時の日記を読むと、謙虚に自らを見つめ直した鷗外の姿が浮かぶ。

文豪が60歳で没して今月で100年。取材の足を延ばし、小倉の旧居から司令部まで通勤の道を歩いた。「鷗外橋」を渡り、作品の一節を刻んだ碑の前でたたずむ。人生の遠回りに見えた小倉時代がなければ、『雁(がん)』や『高瀬舟』『渋江抽斎』といった作品の深い味わいは生まれなかったのではないかと考えた。

田んぼの思想家　7・15

農作業を終え、家族が寝静まった後、太宰治やドストエフスキーを読み、村と農に思いをめぐらせる。きのう葬儀が営まれた農民作家山下惣一さんはそんな時間を愛した。

「普通の言葉であれだけ深いことを語る百姓はいませんでした」。山下さんと半世紀にわたって農を論じ合ってきた「農と自然の研究所」代表、宇根豊さん(72)は話す。

山下さんは佐賀県唐津市出身。中学卒業後、父に反発し、2回も家出を試みる。それでも農家を継ぎ、村の近代化を夢見た。減反政策に応じ、ミカン栽培に乗り出すが、生産過剰で暴落する。「国の政策を信じた自分が愚かだった。百姓失格」と記した。

「農の問題は近代化では解決しない、近代化されないものだけが未来に残ると山下さんは気づいた」。そう宇根さんは話す。日本農業の成長産業化が叫ばれる昨今だが、「日本農業などというものはない」というのが山下さんの持論だった。あるのは目の前の田畑、山、家族、村。そこには近代化や市場経済と本質的になじまない価値がある、と。

直木賞候補とされた小説『減反神社』は政策に翻弄(ほんろう)される農家を描く。「あちこちの村に一筋縄ではいかない、したたかで理屈っぽい百姓を繁殖させるのが僕の夢」(『北の農民　南の農民』)とも記した。

取材した場所は福岡県糸島市にある宇根さんの田んぼのあぜ。青々とした水田をトンボが舞い、道端ではカナヘビがじっと動かない。「田んぼの思想家」をめぐる思い出話は、尽きなかった。

＊7月10日死去、86歳

博士の汚れた手　7・16

核兵器を開発する「マンハッタン計画」の実験は77年前のきょう7月16日に成功をみた。計画を率いたオッペンハイマー博士は米西部の砂漠で閃光（せんこう）を確認すると、安堵（あんど）の笑みを浮かべた。

米国で博士を描いた映画を制作中だと知り、原作の評伝『オッペンハイマー』（邦訳・ＰＨＰ研究所）を読んだ。実験成功までは、自らに託された国家的事業の重圧に耐え、何とか成功させて終戦を早めたいという思いにかられていた。

博士の業績に詳しい中沢志保・文化学園大教授によると、原爆の投下後、心境が変化する。「科学者は罪を知った」と繰り返すようになる。８月末には早くも「国際的な一元管理を急ぐほかない」と友人に訴えたという。

ソ連とも協調しながら核管理を進め、原子力の科学研究も促すことを目指していた。だが米政府はこれを退ける。「私の手は血で汚れている」と告げる博士の姿を見て、トルーマン大統領は後に「泣き虫科学者」とこき下ろした。やがて共産主義者と決めつけられて要職から追放された。

名声と苦悩に引き裂かれた歩みをたどりながら考えたのは、ロシアのプーチン大統領の発言だ。

2022・7月

「ロシアは世界最強の核保有国の一つ」と述べ、核を搭載できる弾道ミサイルの模擬発射にも踏み切った。あからさまな恫喝（どうかつ）だろう。

「原爆の父」「倫理なき核物理学者」。評価はさまざまだが、核兵器が文明そのものを破壊すると誰より熟知していた。存命なら、暴走するロシアの独裁者をどう説得するだろう。

戻り梅雨　7・17

おとといの出張の帰り、強い雨のために新幹線が動かなくなり、はらはらした。雨のなか落ち着かない気分になるとき、思い出す句がある。安住敦さんの〈しぐるるや駅に西口東口〉。降り出した雨、そして帰宅を急ぐ人たちの姿が浮かぶ。

秋の末から冬の初めにかけて降る「時雨（しぐれ）」は初冬の季語である。季節外れの句を記してみたのは、このところ感覚が狂わされっぱなしだからだ。盛夏としか思えない6月があった。梅雨が3週間も早く明けたかと思うと、またこの雨。

専門家の間では梅雨前線が復活したとの見方があるらしい。ぐずつく天気が続き、きのうは宮城県の雨の強さが目を引いた。大崎市からの映像にはボートで避難する人の姿があり、全然眠れなかったとテレビカメラに訴える人もいた。

梅雨の季節に決まって豪雨災害が起きるようなこの国で、例外の年は存在しないのか。終わったかと思えばまた梅雨が続くことを表して「戻り梅雨」「返り梅雨」の季語もあるが、その穏やかな語感にだまされないようにしたい。

3連休の出ばなをくじかれた、という方もいただろう。東北そして南九州の鉄道で、運転の見合わせや遅れが相次いだ。水を差したのは雨だけでなく、「戻りコロナ」のようになった感染状況もある。空にも体調にも気をつけなければ。

梅雨の末期にまとまって降る雨は、「送り梅雨」とも呼ばれる。長雨を早く送り出したいとの気持ちが込められているのだろう。2度目の梅雨明けを待つ日々である。

2022・7月

穀物と黒海　7・18

古代のギリシャ人たちが勇躍したのは地中海だけではない。北東にある黒海にも早くから乗り出し、交易に力を入れた。ワインやオリーブ油などを船に積み込んで出発し、穀物などを持ち帰った。

その小麦や大麦はギリシャにとって不可欠な食料であったと、チャールズ・キング著『黒海の歴史』にある。栽培地は黒海に面した現在のウクライナにあたる地域で、後に「欧州のパン籠」と呼ばれるようになった。

そしていま、アフリカ東部の国々にとってもウクライナはパン籠である。多くの小麦を輸入していたのだが、ロシアの仕掛けた戦争により黒海が封鎖され届かなくなった。干ばつも重なり、ソマリアなどは深刻な食料不安に陥っている。

そんな暗がりのなかの小さな光となるのか。国連とトルコの仲介でロシアとウクライナが13日、食料輸出再開へ向けて必要な手立てを取ることで合意した。航路の安全確保策などの調整はこれからだが、食料不安を緩和し、世界の穀物価格を下げることにつながってくれれば。

戦争が飢餓をもたらす例は歴史にいくつもある。17世紀の三十年戦争でも主戦場のドイツで深刻な飢饉(ききん)が起きており、戦乱による農村の荒廃が背景にあったようだ。グローバル化した現代では、たとえ収穫ができても輸出が滞れば、どこかに飢えをもたらす。

戦争は戦地にいる兵士や民間人の命を奪うだけでなく、遠く離れた国々での生活も破壊する。愚行という言葉では非難し尽くせないほどの愚行が続いている。

まちまちの判決　7・19

東京電力福島第一原発の事故をめぐる裁判の判決をいくつかたどると、結論がまちまちで、まるでカオス（混沌）である。大きな津波の可能性を早くから指摘していた国の長期評価について、科学的信頼性があるという判決が出る一方、信頼性を疑う判決もある。

津波対策を講じなかった経営者の責任を厳しく問う判決の一方で、対策をしても事故は防げなかったのだからと規制当局である国の責任を不問にする判決がある。裁判官も人であり、独立して判断する以上、自然なことではあるのだろう。

しかし無秩序のなかに秩序ある模様を生み出す万華鏡のように、判決のカオスのなかに大きな流れを見るのは可能かもしれない。事故が起きても国は大して責任を問われない。しかし企業と経営者は大きな代償を払うのだ。

先週の東京地裁では東電の勝俣恒久元会長ら旧経営陣4人に、賠償金計13兆円の支払いが命じられた。このまま確定するなら、全ての個人資産を売却して払えるものは払い、最後は自己破産するしかない、そんな巨費である。

原発に関わっている産官学の共同体は「原子力ムラ」と呼ばれる。それは利益は共にするが、決して運命共同体ではない。これまでの判決から浮かび上がってきた現実に、現役の経営者たちは何を思うのか。

さて運命は共にしないであろう国の方から、原発の積極活用の声が強まっている。電力会社経営者の皆様におかれましては、13兆円という数字を反芻(はんすう)していただきたい。何度も何度も。

夏の第7波　7・20

コロナで縮小していた祇園祭に、山鉾(やまほこ)と呼ばれる山車の巡行が3年ぶりに戻ってきた。そんな様子を報じる京都からの写真が先日の朝刊にあり、人いきれまで伝わるようだった。前祭(さきまつり)を終え、これから後祭(あとまつり)という長丁場である。

祇園祭の起源は平安時代の疫病流行にある。人々は怨霊のたたりを鎮めようとしたが、現実には劣悪な衛生環境があったようだ。当時の京都は汚物の処理が行き届かず、夏の鴨川の氾濫(はんらん)で目もあてられぬ状態になったであろうと、本多健一著『京都の神社と祭り』にある。

手洗いの習慣が広がり、マスクもワクチンもある。そんな現代の疫病対策でも、なかなか封じ込められないのがコロナである。第7波となった感染拡大で、1日あたりの感染者が過去最多を記録した。

ウイルスに意思などないことは分かっている。しかし今年に入り、子どもたちが狙い撃ちされたように思えてならない。これまで症状が軽かったことなどを理由に、ワクチン接種が進んでいない層である。学校で感染が広がり、学級閉鎖も相次いでいる。

せめてもの救いは夏休みが始まることか。しかし子どもたちにとって感染拡大と夏休みの組み合わせは、失望以外の何物でもないだろう。楽しみにしていた行事も諦めねばならないか。思い通りに遊ばせられないとすれば親たちもつらい。

年齢層を問わず、激しいのどの痛みや高熱などの症状が伝わってくる。ここは踏ん張りどころであるが、一体いくつの夏を踏ん張ればいいのだろう。

国葬について　7・21

故安倍晋三元首相の国葬を9月に行う方向で政府が調整しているという。実現すれば戦後復興期に首相だった吉田茂以来となる。では吉田の前は誰かというと、皇族を除けば、太平洋戦争で戦死した連合艦隊司令長官山本五十六(いそろく)である。

山本の国葬を伝える1943年の朝日新聞をくってみると、嫌な気分になる言葉が並んでいる。「死してなほわれらと共にある太平洋の守護神」「葬列の沿道に湧いた嗚咽(おえつ)は、英魂の精忠にこたへ続く一念の表現」

戦意高揚を担った新聞の罪を改めて思う。戦後は憲法をはじめ世の中が大きく変わったが、それでも国葬には哀悼と称賛が一体化する危うさがあるのではないか。吉田の国葬前後の紙面を見ても、彼の政策の功罪を改めて論じているふうではない。

非業の死をとげた政治家を追悼したい。そう感じる人が多いのは自然だろう。そうであっても国葬という選択は問題があると思う。みなで悼むことが、みなでたたえることに半ば自動的につながってしまうと感じるからだ。

国葬は吉田以来行われていないというより、彼を最後に途絶えたというのが実情に近いように思う。疑問が高まれば、本来の追悼にも水を差す。これまで避けてきたのは、政治家たちの一種の知恵かもしれない。

野党から出ている国葬への批判に対し、自民党幹部は「野党の主張は国民の声や認識とずれているのではないか」と述べた。そう言って悪びれないところに、すでに国葬の孕(はら)む危うさがのぞいているような。

ハチを眺めつつ　7・22

かつて7月の小欄で「暑さが増す季節は、花に出会う機会が減っていくときでもある」と書いたら、読者からご指摘をいただいた。いや、キュウリの花など色々あるじゃないかと。確かにその通りで、樹木の花は少なめでも夏野菜の花がある。

黄色い花をつけたキュウリやゴーヤを庭で眺めていると、必ずやってくるのがハチたちである。刺されたら痛そうでも、蜜を吸う姿はかわいらしい。隣の花、その隣の花へと順番に移る様子には律義さも感じる。

楳図(うめず)かずおさんのSFマンガ『漂流教室』を思い出す。ある小学校が、荒廃した未来へ校舎ごと送り込まれてしまう。食料が欠乏するなか、子どもたちは校庭の桃に花が咲いたことを喜ぶ。果実を期待して。

しかしすぐに、この世界には風も吹かなければハチもチョウもいないことに気づき愕然(がくぜん)とする。人の手で授粉しない限り、学校の植物にはいっさい実がつかないのではないか。1970年代の作品の視線は公害そして気候変動に及んでいた。

2022・7月

現実の話でも、天候不順にハチたちがまいる例があるらしい。秋田県にあるサクランボの産地では、この夏の収穫量が平年の3割まで減った。地元農協に聞くと、開花した4月下旬に冷え込みが続き、ハチの動きが鈍かったのだという。本当なら花へと飛んでいきたかっただろうに。

農薬の影響でハチの数が減っているのではないかとの懸念も、国内外で指摘されている。彼らがいてこそ地の恵みがある。そう思いつつ羽ばたきを眺める。

国連の人口推計　7・23

国連が先週、世界の人口推計を3年ぶりに改定した。注目されたのは、世界最多である中国の人口が今年から減少に転じることだ。そしてもう一つ、世界人口の年間増加率が1950年以降で初めて1%を割り込んだ。

人口の減少や伸びの鈍化は経済にどう影響するのか。ヒントを求めて、ロンドン大のグッドハート名誉教授らが書き、今年邦訳が出た『人口大逆転』を開いた。その主張は、これからは長きにわたるインフレの時代が待っている、というものだ。

理由は、過去30年にわたって物価の低下をもたらした条件が失われるからだ。その条件とは、グローバル化を通じて、中国を先頭に豊富な労働力が世界経済に供給されたことだ。生産が活発になり、モノやサービスの量が増え、値段が下がった。

豊富な労働力があるために各国の企業は賃上げを抑えることができ、それもインフレを抑制した。少子高齢化で先を行く日本でデフレが続いたのも、こうした国際要因が大きいと分析している。しかしこれからの世界的な労働力不足は、長期インフレの時代をもたらすという。

世界でインフレはすでに起きているが、原因はコロナの反動による需要拡大、そして戦争に伴うエネルギー価格の上昇だ。目の前のインフレが一段落したとしてもその後に主役が待っているのか。

思い切った主張ゆえ、同書には反論も多いだろう。しかし予測が当たれば、現在各国が迫られているインフレとの格闘は、将来への予行演習ということになる。

違いを楽しむ宇宙船の旅　7・24

大橋弘枝さん(51)は、生まれたときから耳が聞こえない。でも、ダンサーであり、俳優であり、演劇の制作者。不得意なことよりもはるかに多くの「できる」を持っている。

「他人と違っていることは面白い」。そう明るく話す自分の声も、本人にはよく聞こえていない。幼いころの厳しい訓練で一言ずつ発音を覚え、やっと話せるようになった声だというから驚く。

大橋さんが制作した「地図を持たないワタシ」と題した体験型ゲームが来月10日まで東京・竹芝の「対話の森」で開かれている。聞こえない人、見えない人、車イスの人、あるいは性的少数者。社会のマイノリティーと呼ばれる人とともに宇宙船で旅をするという設定である。

予約して料金を払えば誰でも参加できる。筆者も体験させてもらった。詳しい内容は書けないが、90分間、初めて出会ったほかの参加者たちと対話をしながら、動いたり、描いたり、課題を解いていくゲームだった。

唯一のルールは、参加者の誰一人としてとり残された気持ちにしてはいけないというもの。うまくできたか自信はないが、それでもいいらしい。「そもそも答えはないんです。みんな同じが当たり前か、考えるヒントになれば」と大橋さん。

「多様性と調和」を掲げた、あの東京五輪の開幕からきのうで1年が過ぎた。私たちの意識は何か変わっただろうか。3人に1人が高齢者か障害者だという日本の社会は、少しは生きやすくなったのか。立ち止まって考えたい。祭りのあと。

はるか尾瀬　遠いトイレ　7・26

〈夏がくれば思い出す　はるかな尾瀬　遠い空〉。1949年の流行歌「夏の思い出」（江間章子作詞）である。湿原の情景を心に運ぶ歌の人気も手伝って、多くの観光客を呼び寄せてきた。

尾瀬国立公園にトイレは18カ所。だが下水道はない。汚泥を乾かし、空輸するのに1カ所に年1千万円はかかる。1回100円を集める箱を置いたが、センサーで数えた使用者から割り出した支払額は1回平均24円。4人に3人が不払いだ。

尾瀬保護財団は、政策研究NPOのポリシーガレージと対策を練り、昨夏から20日間ずつの実験を始めた。まず試みたのは役所風ポスターの撤去だ。「維持管理協力金をお願いします」式の呼びかけ文を一掃し、料金箱だけ置いたが、変化はなかった。

次に「好きな尾瀬は夏と秋どっち?」と尋ねた。回答ごとに分けた箱に1票100円を投じてもらったが不発に終わる。成果が出たのは女児のつぶらな瞳を大写しにしたポスター。支払額は平均34円へ跳ね上がった。「他人の目、特に次世代の目を意識したのかもしれません」と財団事務局長の石井年香(としか)さん(52)は話す。

英語で「そっと突く」を意味するナッジという考え方を利用した実験だ。強制や対価によらず行動を促す。有名なのは小用トイレに標的を描くことで清掃費が激減した例だ。心理学や行動経済学の知見を生かし、心に届く呼びかけ方の模索が続く。

尾瀬はいまニッコウキスゲの見ごろ。訪れる機会にはどうか100円硬貨をお忘れなく。

感染不安再び　7・27

感染してわずか半時間。痛みや目まいが生じ、全身からのおびただしい出血をへて、死に至る。米作家エドガー・アラン・ポーの『赤死病の仮面』はそんな病を描く。

架空の感染症を創作したポーは、当時欧州で広がったコレラの猛威も知っていた。主人公の公爵は傲慢（ごうまん）で、領民が半ば死に絶えるなか城を封鎖する。そこで彼が催す絢爛（けんらん）たる仮装舞踏会は病以上にグロテスクだ。

赤死病と同じように耳慣れない「サル痘」という病名を知ったのはこの5月下旬。狂暴なサルが襲いかかってくるかのような不気味な響きだが、実際にはリスやネズミも同じウイルスをもつ。遠い外国の話かと思いきや、国内でも感染者が見つかった。

さらに最近、新たに聞こえてきたのは「ケンタウロス」。ギリシャ神話に登場する半人半獣のことだが、オミクロン株の亜種の一系統を指す。先月、インドで検出され、今月には国内でも確認された。威力に対する不安からＳＮＳ上で広がった俗称だが、感染力や重症化リスクは解明されていない。

このままコロナが収束してくれるのではないかと期待したのは、つい先月のこと。感染者が減り、政府も水際対策を緩めていた。それなのにこれほど早く不安の日々に舞い戻るとは。保健所から届いた4回目のワクチン申請書をじっと見つめる。

ポーの小説では、公爵の城に血染めの装束の客がまぎれこむ。赤死病の化身だ。ウイルスに過度の楽観も悲観も禁物だ。１８０年前の短編が感染症対策の基本を説く。

雷鳴を待つ　7・28

雷の季節である。ずいぶん前のことだが、自宅近くに雷が落ち、大音響に驚いた。一瞬で壊れたのが固定電話。ゴロゴロと鳴ったら電源を抜いておくようにと教わったが、後の祭りだった。

通信網や家々を守るため、雷を人為的に誘導する実験が始まったと聞き、ＮＴＴ宇宙環境エネルギー研究所（東京）を訪ねた。「雷雲が近づいたらドローンを飛ばし、電線を垂らして雷を海へ落とす。世界初の誘雷実験です」と主任研究員の丸山雅人さん(43)は話す。

実験場所には石川県内灘町を選んだ。日本海に面し、冬場の雷の多さから「雷銀座」と呼ばれる。この地で研究実績のある岐阜大工学部の観測機器を借り、研究班6人が砂浜で雷雲の接近を待った。

手応えを得たのは今年2月末。雷雲とドローンの間の放電は捕捉できなかったが、ドローンから垂らした電線の先端と海面との間では大電流を観測できたのだ。「実験を登山にたとえるなら、6、7合目まで到達できました」と丸山さん。

かみなり、いかずち、遠雷、激雷、鳴神（なるかみ）……。どれも夏の季語だが、実験は今年度も冬に行われる。北陸の冬の雷雲は夏より低空に生じ、ドローンで接近しやすいからだ。2030年までに誘雷技術の実用化をめざす。

取材中、頭に浮かんだのは米建国の父のひとり、フランクリンのこと。雷雲を狙って凧（たこ）を揚げ、稲妻が放電現象だと実証した。凧の代わりにドローンで一閃（いっせん）の稲光をとらえる。雷神に立ち向かう気宇壮大な科学の技に期待したい。

鉄路150年　7・29

黒船の米提督ペリーの贈品でひときわ日本人の好奇心を刺激したものがある。蒸気機関車の模型だ。幕吏が模型の屋根にむりやり乗り、小さな軌道を回って喜ぶさまを『ペルリ提督日本遠征記』が活写している。

きのう東京の「旧新橋停車場」を訪ねると、鉄道開業150年を記念した企画展の一角に『遠征記』もパネル展示されていた。明治5年、この地で開業式が催され、明治天皇や内外の高官が出席。式典を描いた絵からは、新しい国を切り開く気概が伝わってきた。

富国強兵のかけ声とともに鉄路は延び続ける。政治家は地元に鉄道を呼び込み、「我田引鉄」と批判もされた。戦後も鉄道は発展の象徴で、田中角栄元首相は「地方の経済発展のためやむを得なければ、鉄道は赤字を出してもよい」と言い切った。

だが、いま列島のローカル線から上がる悲鳴は深刻だ。JR東日本が示した路線図を見て、利用者が少ない「黄」と「赤」の線の多さに驚く。花巻・遠野、小淵沢・小海など、かつて旅した区間も黄と赤のまだら模様だ。

2022・7月

〈さいはての駅に下り立ち　雪あかり　さびしき町にあゆみ入りにき〉。明治末、釧路駅に降り立った石川啄木の歌である。鉄道網の発達で日本人の行動圏は北へ南へと広がった。時代は移っても、夜汽車や終着駅が呼び起こす情緒は変わらない。

150年間、鉄道は経済的価値で測れない大切なものも運んできた。時代とともに変わるべきもの、時代が変わっても残すべきもの。その双方を思う。

ラクダ改めヘビ　7・30

まず小ささ、そして重さに驚く。つまんだ指先から意外な柔らかみも伝わってきた。歴史教科書でおなじみの国宝「金印」を、製作当時の技法で復元する試みが成功したと聞き、県立福岡高校で見せてもらった。

紀元57年、倭(わ)の奴国(なこく)が後漢の洛陽へ使者を送った際、光武帝から受け取ったとされる印だ。江戸後期、福岡県の志賀島で見つかった。だが出土状況があいまいで、偽物説もある。

復元したのは、考古学者や技術者らでつくる「九州鋳金研究会」。代表の宮田洋平福岡教育大教授(62)らが4年前に着手し、蠟型(ろうがた)など古代からの技術で試作を重ねた。失敗するたび地金を溶かし直し、精度を高めた。

鋳金工芸家の遠藤喜代志さん(72)は「つまみ(鈕)と印面とで完成度があまりに違うことに驚きました」と話す。「漢委奴国王」と彫られた印面は精緻なのに、ヘビをかたどった鈕は不格好だ。奴国の位置を勘違いしていたため、北方向けのラクダを急きょ南国向けのヘビに作り替えた。そんな説を聞き、遠藤さんは得心した。

鈕を凝視してみた。ずんぐりしたヘビは、途中までラクダだったなら合点がいく。ウロコ模様も大慌てで打ち込んだかのようだ。「しまった。奴国って北の国じゃなかったのか」。うわずった声が聞こえる気がした。

2千年前の超大国にとっては外交上の凡ミスだったたか。はるか洛陽の都まで赴いた奴国の使者も、押し頂いた金印がよもやそんな突貫作業の産物だったなどと思いもしなかったにちがいない。

教団と政治家　7・31

政官業の関係はかつて、じゃんけんのグーチョキパーに例えられた。政治家は人事権を持つがゆえに官僚に強い。官僚は規制権限をちらつかせ、業界ににらみを利かせる。そして業界は票やカネの威力で、政治家に影響力を持つ。
農業団体や医師会などが頭に浮かぶが、カネはともかく集票力となると各種業界に昔日の勢いはないようだ。職場や取引先のしがらみで票を入れる、選挙を手伝うなど、かつてあった光景は薄れている。

そこへいくと旧統一教会は一部の政治家にはありがたい存在に違いない。ある自民党参院議員は「票が足りない議員には、旧統一教会の票を割り振ることがある」と派閥の長に言われたらしい。取りこぼしのない票のかたまりがあるのだろう。

岸信夫防衛相は、投票を呼びかける電話作戦などを手伝ってもらったと記者会見で語り、とくに反省するふうでもなかった。選挙の恩義があるからか、教団の関連団体のイベントに何人もの自民党議員が顔を出していた。

そうしたことの「何が問題かよく分からない」というのは福田達夫自民党総務会長の弁である。少し考えれば分かるはずだ。信者の弱みにつけこみ、高額の壺（つぼ）などを売りつける行為が多くの裁判で違法とされた。そんな教団に国会議員たちが箔（はく）を付けているのだ。

「旧」統一教会と書かざるをえないのは、7年前に文化庁が名称変更を認めたからだ。その背後にグーチョキパーよろしく、政治家の働きかけはなかったのか。徹底的な検証がいる。

2022

8
月

百日紅には申し訳ないが　8・1

咲き始めた頃の百日紅（さるすべり）は、色の鮮やかさに目を奪われた。しかし猛暑や酷暑といわれるこの時分になると、あの赤色や濃いピンク色が暑苦しく思えてしまう。がんばって長いこと咲いている花には申し訳ないのだが。

代わって目を向けたくなるのが白い花を咲かせる芙蓉（ふよう）である。今年も近所でほころんでいて、気持ちだけでも涼しくなった。夏に白を身にまとう人を見るようでもある。白い服の効用は日光を反射するだけでなく、見た目にもある。

「涼し」は夏の季語で、ときに視覚で表現される。〈鏡中（きょうちゅう）童女と隣（とな）るすずしさ髪刈るよ〉磯貝碧蹄館（へきていかん）。床屋でたまたま小さな女の子と並んだ。すっきりした髪になっていく女の子の様子が鏡に映る。そんなところにも涼がある。

温度感覚や視覚、聴覚など異なる感覚が影響しあうことを心理学でクロスモーダル現象と呼ぶそうだ。感覚がクロス（交差）する様子を意味しており、聴覚でいえばセミの鳴き声が暑さを増すように思うのもその一つか。

2022・8月

言葉を見たり聞いたりするだけで涼を感じるのは、背負っている文化のおかげでもあろう。「打ち水」や「浴衣」の文字を見ればやや体感温度が下がるような。実際にいま打ち水をする人が少なく、浴衣も着てみれば結構暑いとしても。

気温が37度、38度というニュースにも、最近は驚かなくなった。たまには天気予報はラジオで聞こうか。猛暑の赤い色が列島を染め上げるような地図をテレビで見ると、それだけで気持ちがなえてしまうので。

巨額資金提供の疑惑　8・2

人が集うところに商機あり。古代オリンピックが開かれたギリシャのオリンピアでは、画家たちが新作を披露し、名前を売り込んでいたという。ある画家は自分の名を大きく刺繡(ししゅう)した衣服をまとい、上流階級の人々に作品をただで配った。

他の画家たちも柱廊に作品を並べ、即席の画廊ができたという(ペロテット著『古代オリンピック』)。そんな古代の営みが可愛く思えてしまうのが、現代の五輪ビジネスである。闇の部分が明らかになってきた。

東京五輪・パラリンピックのスポンサー契約を取るにあたり、紳士服大手のＡＯＫＩ側が、大会組織委の理事だった高橋治之氏側に多額の資金を提供したのではないか。そんな疑いが強まり、東京地検が捜査している。

当初はコンサルタント料名目の４５００万円が焦点だった。しかしここにきて、ＡＯＫＩ側がスポンサー料として払った金額のうち２億３千万円が高橋氏側に渡ったことが明らかになった。公的な性格の強いお金が個人に流れたというのは理解に苦しむ。

これは「ピンハネ」や「中抜き」のたぐいなのか。全額を受け取れなかったことを大会組織委は知らなかったのか。知ってて何も言わなかったのか。まさか中抜きされるのが前提のお金なのか。

これで五輪のイメージに傷がついた、と言うつもりはない。東京五輪はコロナ危機のなかで強行され、五輪貴族たちの振る舞いも目に余るものがあった。すでに傷だらけのイメージをさらに踏みつけるような大事件である。

先駆者たち　8・3

黒人として先駆者となった者たちが、長く記憶にとどめられる。米国ではそんな例がいくつもあり、大リーグでいえばジャッキー・ロビンソンだ。毎年、すべての選手が彼の背番号だった42を背負って試合をする日がある。

差別と闘いながらチャンピオンになったボクサーや、宇宙開発を陰で支えた女性数学者などもいる。黒人女優としては、ニシェル・ニコルズさんが大きな存在だったと、先日届いた訃報(ふほう)とともに知った。享年89。

1966年にテレビで始まった「スター・トレック」で、宇宙船の通信担当の乗組員を演じ、世に知られるようになった。米CNNによると黒人女性といえば端役の家政婦が多かった時代に、稀有(けう)な存在だったという。

もっとも彼女に長く続けるつもりはなく、舞台の仕事に戻ろうとしたこともあった。米紙によると公民権運動のキング牧師から、黒人の権利のためにも重要な役だからと説得されたという。多くの人の希望と憧れが注がれていたのだろう。

米国社会は「人種のるつぼ」といわれるが、必ずしも正確ではない。るつぼというほど融合しているわけでなく「人種のサラダボウル」だと聞いたことがある。いつか融合すべきだと、もがき続けるのが米国の現代史なのだ。

思えばスター・トレックの乗組員たちには多様性があった。異星人と地球人の間に生まれたスポックをはじめ、アジア系、ロシア系もいた。分断と差別を乗り越えたいという、作り手たちの気持ちも込められていたのだろう。

＊7月30日死去、89歳

国訴と代議制　8・4

人々を代表して政策の実現に動く。それを代議制の本質とするなら、江戸時代後期にも萌芽(ほうが)はあったようだ。大坂周辺の地域で相次いだ「国訴(こくそ)」と呼ばれる民衆運動である。摂津や河内など国レベルの大きな訴えゆえにその名がついた。

運動の広がりで知られるのが１８２３年の国訴で、１００７に及ぶ村が参加した。都市の特権商人に対抗し、綿花を自由に販売させてほしいと訴えるため代表50人が選ばれた。彼らは大坂に滞在し、合法的な訴えを奉行所に続けて認めさせた。

『国訴と百姓一揆の研究』で分析を重ねた藪田貫(ゆたか)・関西大名誉教授は「欧州発と言われる代議制だが、そこにつながる文化が日本にもあったと考えられる」と話す。その研究で印象的なのが、選んだ側と選ばれた側の強い信頼関係だ。

代表者たちの滞在費や通信費は村々が分担した。委任状も発行し、訴えの成否に関わらず費用負担はすると明記した。翻って現代の成熟した代議制はどうだろう。有権者と議員の信頼関係は存在するだろうか。

きのう臨時国会が召集された。旧統一教会との関係を説明しようとしない議員を見ると、不信感が募る。不祥事が発覚すると国会に来なくなる議員や、そもそも欠席の多い議員もいる。参院の新人には登院すらしない議員がいた。

文書交通費などの費用に目が行くのは、代表されているという感覚が得られないからだろう。それは果たして政治家だけが悪いのか。どれだけ真剣に選んだのか、選ぶのかも問われている。

教団と悪評　8・5

犬も歩けば棒に当たるではないが、1980年代の大学のキャンパスでは、統一教会系の学生組織、原理研究会の人からよく声をかけられたように思う。誘われるままに、彼らが拠点とするマンションに行ってみたことがある。

話の内容はよく覚えていないが、たしかサタンがどうのこうのという独特の世界観を聞かされた。眉に十分つばをつけることができたのは、雑誌で批判記事を読んでいたからだ。予備知識がなければどうだっただろう。

霊感商法そして合同結婚式と、90年代にかけて統一教会の問題は広く知られるようになった。悪評を避けるため名称を変えようとしたとすれば、その狙いはよく分かる。正体隠しにつながるとして、文化庁が押しとどめたと当時の幹部が証言している。

2015年になって「世界平和統一家庭連合」への変更が認められたとき、閣僚や官僚たちにどんな判断があったのか。解明はこれからだが、名称変更の弊害ははっきりしている。

おとといの参院の初登院でテレビのマイクを向けられ、教団との関わりを問われた議員がいた。「旧統一教会という認識ではなく、家庭を大事にする宗教だと聞いていた」。新名称にまんまとだまされたか、あるいはだまされたふりをしているのか。

政治家は票と選挙運動の人手がほしい。教団は政治家による箔づけがほしい。利害の一致の末に、教団の被害にあう人が続いたのではないか。問題は深刻だが、岸田首相が実態調査に乗り出

2022・8月

すそぶりは微塵もない。

77回目の原爆忌　8・6

豆がいつもとちがう実り方をした。これは戦争に勝つ兆しだと、広島に暮らす正田篠枝は知人に言われた。1945年8月5日のことで、後に短歌にこう詠んでいる。〈今は哀れ　原子爆弾うけし　前日なり　勝つとう流言に　われら依りしが〉。

翌6日に原爆が落とされ、正田は肩に傷を負った。避難した先で見たのは負傷者の列であり、今にも息の絶えそうな人たちだった。〈可憐なる　学徒はいとし　瀕死のきわに　名前を呼べばハイッと答えぬ〉。

そして少し前まで生きていた者たちの姿。〈石炭にあらず　黒焦げの人間なり　うずとつみあげ　トラック過ぎぬ〉。後に「原爆歌人」と呼ばれるようになる女性が目に焼き付けた地獄絵である。

正田の歌集『さんげ』は連合国軍総司令部の目を避け、ひそかに出版された。危険を冒してでも世に出さねばならぬ。彼女を突き動かしたのは死者を弔う気持ち、そして何より原爆への怒りだろう。

77回目の原爆忌である。これまで核軍縮が何度叫ばれて、何度裏切られてきたことか。核不拡散条約の会議が始まったのを機に、ロシアのプーチン大統領が「核戦争に勝者はいない」との声明を出した。しかしあなたこそが、核の使用をちらつかせていたではないか。

ウクライナへの侵略戦争が世界の核軍縮ではなく核軍拡を招きかねないと懸念されている。日本でも一部の政治家から「核共有」を求める声が出る。核への恐怖と怒り。それを抱き続けることが今ほど必要なときはない。

まだ見ぬ父に　8・7

「風(かぜ)引かないか」「腹悪くするな」「ぐっすり眠り、朝は早く起きて」。敗色の濃かった大戦末期、30代半ばで召集された佐藤忠志(ただし)さんは、出征先から郷里の岩手県へ手紙を送り続けた。

徴兵されたとき、まだ生後55日の娘がいた。いま一関市に住む小野寺ヨシ子さん(78)だ。手紙の束を母から託されたのは20年ほど前。硫黄島で戦死したと聞かされたが、父の記憶は何もなかった。便箋(びんせん)にギッシリと、達筆でつづられた便りを一心に読んだ。

ヨシ子さんの母や祖母にも「ヨシ子を丈夫に育てて下さい」。兄には「ヨシ子ガ歩ク様ニナッタラ、ヨシ子トスモウトツテミナサイ。兄サンダカラ、ヨシ子ニハ負ケテ、ヨロコバセルンダヨ」。父の直筆をたどりながら「私は愛されていたのだ」と胸が熱くなった。

出征する父と、母に抱かれた幼いヨシ子さんの姿を収めた写真も残る。30年ほど前、米イリノイ州在住の元米兵から奇跡的に戻ってきた。父が裏面に名前と住所を記していたのが手がかりになった。眺めるたび、意志が強く陽気そうな生前の父をしのんだ。

手紙を世に残したいとヨシ子さんは昨夏、『命をかけた平和をありがとう』を自費出版する。慰霊のため8度も赴いた硫黄島の訪問記なども収めた。その後見つかった手紙も続編として年内に刊行する予定だ。

取材中、手紙の現物を見せてもらった。筆の跡は濃く太く、文字列にも几帳面さがにじみ出る。一緒に過ごしたときは短くとも、父と娘は強靱な糸でむすばれていた。

爆心地の老木　8・9

黒く焦げた幹が途中で裂けている。ねじ曲がった樹皮が痛々しい。長崎市の代表的な被爆樹木として知られながら、寿命が尽きたカラスザンショウの木を間近で見た。樹齢は130年と推定される。爆心地に近い旧城山国民学校で爆風と熱線を浴びた。だが、両腕を広げるように枝を伸ばす隣のムクノキに身を預け、奇跡的に生き残った。春ごとに新芽をつける姿は、市民を勇気づけてきた。

異変が起きたのは6年前の春。芽が出ない。寒波の影響だった。「樹木医が根を調べ、薬剤も塗りましたが、枯死は免れませんでした」。国民学校の被爆校舎跡にできた平和祈念館施設長の池田松義さん(84)は話す。あきらめるしかないとの声も地元にあったが、原爆に耐えた姿を残したいという希望が実り、昨秋、祈念館内での展示が始まった。

閃光が炸裂した77年前のきょう、池田さんは7歳だった。両親と曽祖母を失い、親戚の家を転々として育つ。「ねじ曲がったこの木は、怒っているように見える。生き抜いてやる。そう訴えかけてくる木でした」

〈目から消え去るものは、心からも消え去る〉。城山の被爆校舎を残す運動を率いた故・内田伯さんの言葉だ。原爆の破壊力を物語る事物も、時の移ろいとともに朽ち、枯れていく。凄惨をきわめた核兵器の被害を人類史にとどめる努力は、年ごとに重みを増す。

木はもう陽光を浴びることも、葉を茂らせることもない。だが「原爆の証人」という不朽の使命を負い、生き続けていく。

2022・8月

旧統一教会との「ご縁」　8・10

1988年の暮れ。内閣改造当日の会見に臨んだ閣僚は口々に、未公開株譲渡疑惑の渦中にあったリクルート社との関わりを否定した。「髪の毛一筋も関係ない」。そう言った大臣もいた。とりわけ自信満々だったのが法相の長谷川峻氏。「(リクルートと)ご縁がないから皆さんの前に顔が出せる」と語ったが、翌日、多額の献金が発覚する。在任わずか4日で辞任に追い込まれた。人心一新を狙った竹下登首相の戦略は裏目に出た。

きょう、内閣の顔ぶれが決まる。会見で避けられないのは次の質問だろう。「旧統一教会との関係は」。政界で築いた地位が教団の支えによるものと露見すれば、大臣の座どころか、議員としての適性そのものを問われる事態である。

教団をめぐっては、「高額のつぼを買わされた」「面識のない相手と強引に結婚させられた」といった被害が相次いできた。それなのに、選挙で支援を頼んだり、会合へ出席したりと、政治家と教団との癒着が次々とあらわになっている。

いつの世も位や欲は人を惑わせる。鴨長明は鎌倉初期の説話集『発心集』で、名利(めいさつ)の最高職を狙った老僧の妄執を描いた。権勢欲に取りつかれ、ポストが得られるなら地獄の釜で煮られてもよいという倒錯した心境に陥る。「いと心憂き貪欲（どんよく）」だと長明は深々と慨嘆した。

議員になりたい。再選を重ね大臣になりたい。そのためなら反社会的な教団の支えをも借りて恥じない。そんな政治家たちの去就を思う内閣改造の当日である。

2022・8月

時代を診る　8・11

その少年は自転車に乗れなかった。木登りがこわく、逆上がりも苦手だった。科学でも歴史でも本ならいくらでも読めるのに。教師から「文弱」だと言われ、深く傷つく。

精神科医で神戸大名誉教授の中井久夫さんである。１９９５年の阪神・淡路大震災では、被災者の精神的な痛みに寄り添い、２００４年に発足した兵庫県こころのケアセンターの初代所長に就く。自らの被災体験を交え、心的外傷後ストレス障害（ＰＴＳＤ）について理解を広めた。

震災直後に憤ったのは、神戸と東京との落差だ。被災地では不明者を最優先で考える。だれが見つかっていないのか、どこから救助するのかと。それなのに、中央官庁は死者が何人かという数字ばかりを気にしていた。

統合失調症患者の臨床から学んだのは「あせり」と「ゆとり」。焦燥とは無縁に見えた患者から治療の8年目にして「自分はあせりの塊だった」と告げられ、驚愕(きょうがく)する。逆に、ゆとりに憩うときの患者の「生の喜び」には計り知れない深みがあると知った。

〈日本の政治家には魅力がない。近代化を支えてきたのは無名の人々の勤勉と工夫である〉〈日本は島国で、石油や食糧などの輸入は平和が前提。いたずらに強がらず外交力の発揮を〉。医学に限らず、政治や社会を自在に論じ、心温まる随想も数多く残した。

患者を診るように時代を診断することのできた医師が、88歳で旅立った。不器用さに悩んだ少年は、傷ついた人々に伴走し、知の世界を自由に舞った。

＊8月8日死去、88歳

ガチャガチャわくわく　8・12

硬貨を入れ、ガチャガチャと取っ手を回す。カプセルが飛び出す。先日、川崎市内の専門店を家族で訪ね、カプセル玩具の進化に驚かされた。子どもが選んだ爬虫(はちゅう)類や海洋生物は驚くほど精巧だ。

価格帯の中心は300円。日本玩具協会（東京）によると、昨年度の市場規模は過去最高の約450億円に達し、20年ほど前に比べ7割も増えた。少子化やコロナ禍の逆風のなかで、大人の需要を取り込んだ。ご当地商品も次々に生まれている。

今回訪ねたのは津軽半島の青森県外ケ浜町。「地元民ガチャ」として商品化したのは、町内の店の看板など、住民ならすぐにピンとくる品々だ。「はただ酒店」に置かれた販売機に500円を入れると、船のキーホルダーが出てきた。コロナ下で苦境が続く「むつ湾フェリー」を応援する言葉が温かい。

店を営む神文範（じんふみのり）さん(46)は「人々にガチャを楽しんでもらう。それを町や店の生き残りにつなげられれば」と話す。取材中も東京からの帰省客が立ち寄り、楽しげに販売機を回していた。

親の資力で将来が決まると嘆く「親ガチャ」。若者の運命が政治で決まるという「国ガチャ」。最近は否定的な文脈でばかり語られる。いつからそんな諦念（ていねん）や閉塞（へいそく）の代名詞となったのか。本来は「何が出てくるかな」とワクワクするものなのに。

起業精神に富む若者が、列島各地で夢の詰まったカプセルを創り出す。その秀作が競い合い、地域社会を沸かせる。そんな「ガチャ甲子園」の活況を思い浮かべた。

左利きの思い　8・13

缶切り、小刀、カメラ、自動改札……。共通点は何か。左利きの人に使いにくいことだ。基本的に右利きの利用を想定して開発されているためだ。

「ギターやゴルフクラブなどを例外として、右利きだけを想定した品物が多いのが実情です」。そう話すのは4年前に「日本左利き協会」を結成した大津市の大路直哉さん(55)。左利きと右利きの相互理解に取り組んできた。

幼いころは左利き。小学校では放課後に右手で書く練習をさせられた。そのとき抱いた疑問を原点に、左利きの歴史を調べ、意見を募っては書籍やネットで発信してきた。礼儀作法の専門家に尋ねたところ、実は左利きのままでよいのだとわかり、自信を得たという。

左利き用品を数多く商う相模原市の事務用品店「菊屋」を訪ねた。電卓やすり鉢など約100品目が並ぶ。右利きの私には左利き用の急須や扇子はうまく使えない。左利き用ハサミでは三角形も切り抜けなかった。「日ごろ左利きの方はこんなに苦労しています」と浦上裕生社長(46)は話す。

２人の話を総合すると、左利きの人々が訴える力点は三つある。生活の不便さ、発想の独創性、そして右利き中心社会への違和感。根っこにあるのは、わかってほしいという思いだ。先進国のあちこちで右と左への二極分化が進みつつあるが、大切なのは、異なる立場への思いやりと中庸の精神だろう。

きょうは「世界左利きの日」。ただ、国内でも海外でも左利きの人々にさえ浸透していない記念日だとか。

震洋のスロープ　8・14

77年前の太平洋戦争末期、日本軍は本気で本土決戦に備えていた。その一端を見せてくれる遺跡が千葉県館山市の海水浴場の近くにある。特攻艇「震洋（しんよう）」が発進するはずだったスロープである。遠浅の海に突き出たコンクリートの台は、教えられなければ見過ごしてしまいそうだ。

震洋は木製のモーターボートに爆薬を載せた「兵器」で、敵艦に向かい、乗組員ごと自爆する。「近隣のまちでも船大工たちが造っていたといいます」と、ＮＰＯ安房文化遺産フォーラムの池田恵美子さんが教えてくれた。

6隻の震洋がここに配備されたのは1945年8月13日。すぐに爆薬を積み、いつでも出て行けるようにした。そんな特攻艇や人間魚雷、特攻機などの出撃地が日本の各地にあった。

岡本喜八監督の映画「日本のいちばん長い日」は戦争末期、降伏か、本土決戦かで揺れる首脳部を描いている。ある幕僚が徹底抗戦を主張する場面がある。「あと2千万の特攻を出せば、日本は必ず勝てます。男子の半分を特攻に出す覚悟で戦えば」

狂気にしか思えないが、それに近いことが考えられていたのだろう。爆弾を抱えて走り、戦車の下に潜りこんで自爆する。そんな訓練も各地でなされていた。竹やりで戦えというのも特攻と何も変わらない。

出撃が死を意味する特攻は、異常な戦闘行為である。しかしそれは、もしかしたら戦争の本質をグロテスクに示しているだけかもしれない。強制的に国民の命を差し出させるという戦争の本質を。

三嶋大社といえば　8・15

静岡県の三嶋大社といえば、源頼朝が崇敬した神社として知られる。しかし終戦直後に社務所で講演会が開かれ、それが市民による学びの場に発展したことはあまり知られていない。その名も「庶民大学三島教室」には誰でも参加できた。「市長も官吏も、商店の旦那も、復員軍人も美しい人も学生も、そして昔こわかった先生も一緒に机を並べて聴講し筆記して居る」。聴講生の一人が会報に記した教室の様子である。

神社から役所の部屋に場所を移し、講師を招いて大学顔負けの講義をつづけた。「アメリカ文化と東洋文化」「家族制度の将来」……。無名の政治学者だった丸山真男も「19世紀以降欧州社会思想史」などを講義した。謝礼はお米で、担いで帰ったという。

あるときは話の後で「民主主義とは何か」の質問攻めにあったと丸山は後に回顧している。世の中ががらがらと変わるなか、生きた知識を求めていたのだろう。庶民大学は新憲法の草案をめぐっても討論会を開き、参加した市民らが天皇主権論と天皇制廃止論をたたかわせた。

しかし庶民大学の活動は2年あまりで終わる。主要メンバーの一人が選挙に出たことで、ぎくしゃくするようになったからだ。輝きは一瞬だった。それでも心引かれるのは、立場の違う市民が学びあい、議論するような空間が今どれほどあるだろうかと思うからだ。

庶民大学での学びは、この地の文化活動や市民運動へとつながっていった。地元の郷土資料館の片隅にそんな解説がある。

探偵と犯人　8・16

推理小説家のヴァン・ダインが同業者に向けて書いた創作の心得がある。「探偵小説作法二十則」という小文で、たとえば「心霊術、水晶占いの類いで真実に到達するのはタブー」だという。理詰めで犯人を突き止める探偵が不要になるからだ。

「探偵自身が犯人であってはならない」というのも至極当然だ。誰が犯人でもいいが、この人だけはだめというルールはある。ではもしも大統領がスパイまがいのことをしていたら。

スパイ防止法違反などの疑いで、米連邦捜査局（ＦＢＩ）がトランプ前大統領の自宅を捜索した。ホワイトハウスから持ち帰ったとみられる機密文書が押収され、「トップシークレット」扱いのものも含まれていたと発表された。

トランプ氏には何があっても驚かなくなった気がしていたが、まだこんな話が出てくるとは。米紙ワシントン・ポストは、捜索の狙いには核兵器に関する機密文書もあったと報じている。外部の目にさらされるのを防ぐため捜査に踏み切ったか。

トランプ氏側は「誰だって仕事を家に持ち帰る。大統領も同じだ」と主張する。「魔女狩りだ」

とも訴えており、支持者の結束がかえって固まるかもしれない。司直の横暴だと言いつのれば共感される世界が、今の米国にはある。

冒頭の心得に戻れば、作者には謎解きのための手がかりを分かりやすく示す義務があるという。米国の司法当局も今、捜査情報をなるだけ国民に示さねばと感じているか。捜査の正当性を揺らがせないために。

遺伝子操作された……　8・17

英国のサイエンスライター、ヘレン・ピルチャーさんが著書でこんな告白をしている。「わたしは遺伝子操作されたオオカミを飼っている」。インターネット上で見つけた繁殖家に連絡し、指定された場所で受け取ったものだ。

実は全世界の何億もの人が、同じような動物を飼っているのだとも明かしている。「ただし、オオカミとよんではいない。人は彼らをイヌとよぶ」(『Ｌｉｆｅ　Ｃｈａｎｇｉｎｇ』)。

人類は1万年以上前、オオカミを飼いならし最古の家畜にした。人間の活動にあわせ、様々な種が生まれた。日本列島における古い種の一つが明らかになったのだろうか。3世紀前半ごろと見られる犬の骨の話がきのうの朝刊にあった。

奈良県の纒向（まきむく）遺跡で発掘された犬の骨は、それ以前の縄文、弥生時代に飼われていた犬よりも一回り大きく、シバイヌを上回っているという。中国大陸や朝鮮半島から持ち込まれたのではないかというのが、研究者の見立てである。

纒向遺跡はヤマト政権発祥の地とされる。当時の先進都市に舶来の大きな犬が到着した風景を想像する。人々は目を丸くしたか。犬は狩猟用か、もしかしたら有力者の愛玩用だったか。いま街中で見かける犬のどれかにつながっているのか。

ある動物学者がこう書いていた。虐殺者として生まれてきたようなオオカミの子孫を友だちにしている、そんな私たちを宇宙人が見たら、首をかしげるかもしれないと。人間と犬が長く築いてきた不思議な関係を思う。

杉田氏を起用　8・18

近世の西洋絵画では、何げなく描かれたかに見える物にメッセージが込められている。例えばリンゴは「知恵」を表し、天秤（てんびん）は「正義」を象徴する。今回の内閣改造では衆院議員の杉田水脈（みお）

氏が総務省の政務官に起用された。メッセージは何かと考えてみる。

杉田氏といえば月刊誌で同性カップルを念頭に「彼ら彼女らは子供を作らない、つまり『生産性』がない」とまで書き、行政の支援を疑問視した人だ。批判が集まり、この雑誌は結局、休刊を余儀なくされた。

そんな人の登用は「多様性など重視しなくていい」というメッセージになるのではないか。杉田氏は衆院本会議で「男女平等は、絶対に実現しえない反道徳の妄想だ」と述べ、男女共同参画社会基本法の廃止を求めたこともある。

女性だけが子どもを産めることを根拠にしていたが、飛躍がある。似たような理屈は、戦前、女性の参政権を阻むのに使われてきた。天下国家を論じる前に、女性には家庭でなすべき使命がある——。帝国議会でまかり通っていた主張だ。

政務官は若手議員のための軽い役職と見られがちだが、大臣、副大臣に次ぐポストである。杉田氏で構わないと判断したのなら、その思想的立場についても、内閣として容認したことになる。岸田首相は分かっているのだろうか。

杉田氏は就任後、「過去に多様性を否定したことはない」と述べたそうだ。多様性について独自の解釈があるらしい。それにしてもこの人事、誰か止める人はいなかったのか。

水の事故　8・19

海に囲まれたこの国で、海水浴が始まったのは明治になってからだ。それまで海は、多くの人にとってそれほどなじみ深い場所ではなかった。漁師や船乗りが生活の糧を得る場であり、ときに海賊の跋扈(ばっこ)する場であったと畔柳(くろやなぎ)昭雄著『海水浴と日本人』にある。

当初の海水浴は、西洋医学にもとづく健康法であり、医療行為だった。身体を波にさらすことを目的にしていた。海水浴の読み方も「カイスイヨク」ではなく、「ウミミズユアミ」だったという。

時が流れて、泳ぐことを楽しむようになると、水の事故とも背中合わせになる。あまりにも暑い日が続いたこの夏も、不幸な事故が目立っている。幼い子どもの命が奪われたというニュースは、とりわけつらい。

近くに水難救助員がいるかどうかを確かめ、さらにはライフジャケットを着用するよう求める声もある。海での着用はまだ途上だが、川遊びではそれなりに進んでいるようだ。流れが速く、急に深くなる川の怖さは、いくら注意してもしすぎることはない。

海水浴と違い、川遊びはこの国で昔から行われてきた。各地にあるかっぱ伝説も関係があるのだろう。「水中にいるかっぱに、引っ張り込まれる」という恐ろしい言い伝えが、多くの事故を未然に防いできたのかもしれない。

〈汐浴(しおあび)の帽子大きく休み居る〉篠原温亭。十分に休んで、疲れをとる。それも事故を防ぐこつであろう。子どもたちの夏休みも終盤となる。水辺の楽しさは、いい思い出にして持ち帰りたい。

議員たちの弁明 8・20

岸田首相は閣僚らに対し、世界平和統一家庭連合（旧統一教会）との関係を「点検し、適正に見直す」よう指示した。しかしそれは「各自が、もっともらしい言い訳をする」という意味だったか。そう思えてしまう現状がある。

経済安全保障担当相の高市早苗氏の場合、２００１年に統一教会系の「世界日報社」が発行する月刊誌に対談が掲載された。しかし発行元がどういう会社かは知らなかったという。まだスマホのない時代で、調べるのが困難だったとＳＮＳで主張している。

にわかには信じがたいが、本当だとすれば、かつての高市氏の情報収集能力のレベルに同情するしかない。自民党政調会長の萩生田光一氏に至っては、もっともらしさすら失われている。

萩生田氏は参院選前の6月、タレント候補を伴い世界平和統一家庭連合の支部を訪れている。「世界平和女性連合」の集まりという認識だったそうだ。れっきとした教団の関連団体なのだが、萩生田氏は記者団に「名称は非常に似ているが、あえて触れなかった」と苦しい説明をしていた。

さすがに全く知らなかったとは言えなかったか。もっとも、言い訳を試みるのは、まだましな方かもしれない。教団関連団体のイベントに出ていた細田博之衆院議長は今の今まで何も語っていない。

旧統一教会の票を差配していたのは安倍元首相だったのではないか。そんな証言も出ているが、岸田内閣は調査しようとしない。調べた後で何か言い訳できる自信がないのだろうか。

暗殺事件は遠く　8・21

その旅客機がフィリピンのマニラ国際空港に到着したのは、8月21日午後1時すぎだった。亡命先の米国から3年ぶりに母国へ帰った男性は、タラップを降り始めた直後、凶弾に倒れた。

1983年に起きたベニグノ・アキノ元上院議員の暗殺事件である。捜査当局は「犯人は共産主義者で、警備兵に射殺された」と発表したが、後にでっちあげだと判明する。実行犯ら軍人16人に無期懲役の判決が下ったのは7年後。首謀者などの核心は今も不明のままだ。

独裁体制を敷いた当時のマルコス大統領にとって、最大の政敵アキノ氏の暗殺は「終わりの始まり」だった。反政権運動の盛り上がりでアキノ氏の妻が大統領選に出馬し、「ピープルパワー革命」と呼ばれた政変で体制崩壊した末に、マルコス一家はハワイへ逃亡した。

今年2月に死去した石原慎太郎氏は、同年齢のアキノ氏と親しかった。事件前日に電話で話したアキノ氏が「暗殺計画があるらしい」と明かし、「これが俺たちの最後の会話になるだろう」と告げたという（『「私」という男の生涯』）。

独裁から民主主義を取り戻そうと危険を覚悟で帰国したアキノ氏をしのび、歴代の大統領は休日となったこの日にメッセージを出してきた。今年はどうか。２カ月前に就任した新大統領はマルコス氏の息子で、父親を英雄と仰ぐ。

抑圧と暴力の記憶は薄れ、貧富の差という苦い現実が残った。それでも前へ進むには、負の過去も伝えなければならない。繰り返さないために。

時局迎合甲子園　8・22

折々に読者から取材のご提案をいただく。「大戦中の高校野球の悲しさも取り上げて」。そんな手紙をくださったのは徳島新聞の元論説委員長の岸積(つもる)さん(88)。徳島商が優勝した1942(昭和17)年夏の甲子園についての資料が同封されていた。

徳島県石井町のご自宅を訪ねた。「夏の甲子園は朝日の主催ですが、この年は政府が主催した。戦意高揚のためでした」。軍が運営し、球場には「戦ひ抜かう大東亜戦」との横断幕が掲げられた。

徳島商の監督から戦後に岸さんが聞いた話によると、攻守交代のたび、観客の名を呼ぶ放送が響いた。観戦中、留守宅に召集令状が届き、慌てた家族から甲子園に連絡の依頼が相次いだためだ。「この夏はミッドウェー海戦で日本軍が大敗した直後。徴兵が急増したころでした」

参加校にはこんなルールも通知された。「選手ではなく選士と呼ぶ」「打者は投手の球をよけてはならない」「途中交代は禁止」——。最後まで死力を尽くす戦士であれと教え込もうとしたようだ。考案したのが官僚か軍人かは知らないが、非合理のきわみだ。

翌43年になると「敵性競技に熱中すると親米思想を抱く」として多くの県で野球排撃の決議が広まる。これには戦時下の朝日新聞も「野球によつて敵愾心が無くなるといふのはどうも納得出来かねる」と異を唱えた。

熱戦が続く今夏の甲子園もいよいよ決勝の日。珍妙な時局迎合ルールを押しつけられず、若者が存分に白球を追う時代の幸福をかみしめる。

ウクライナのおにぎり　8・23

刻んだ鮭や鶏肉をクレープ生地で包む。具材を替えればスイーツにもなる。ウクライナの料理「ブリンチキ」を東京・丸の内の移動キッチン車で堪能した。

戦禍のハルキウから来日したイリーナ・ヤボルスカさん(51)が家族と運営する。自宅一帯がロシア軍に爆撃され、3月に母(80)と故国を後にした。夫(53)は兵役義務で出国できなかった。

娘カテリーナさん(31)は4年前、菊地崇さん(28)と結婚し、滋賀県彦根市に住む。イリーナさんは娘夫婦のもとに身を寄せたが、生計を立てるため料理の腕を生かそうと決意する。クラウドファンディングで534万円の寄付を集めた。軽自動車を買い、5月末に販売を始めた。

ウクライナから日本への避難民は１７００人を超えた。「母国では学歴があり収入が多かった人も、言葉や住まい、職探しの壁に阻まれ、困っています」とカテリーナさん。本拠の彦根から東京や大阪へも販路を広げ、避難民が働ける場を整えたいと夢を語る。

初めて食べたブリンチキ（４００円）は生地がもちもちして素朴な味わい。母国では朝昼晩いつでも気軽に食べる、日本のおにぎりのような存在という。果実飲料ウズバル（２５０円）も番茶のように舌になじむ。キッチン車に向け「がんばって」と励ます客もいた。

あすでロシア軍侵攻から半年。ウクライナから脱出した人々は1千万人を超えた。断ちがたい望郷の念と、避難先で何とか自立したいという焦燥感。そのはざまで生き抜く人々の強さを思う。

大曲にて　8・24

秋田・大曲は花火の街だ。高校を卒業後、縫製工場に勤めた後藤美晴（みはる）さん(25)が、明治からの老舗「響屋（ひびきや）大曲煙火」に転職したのは２０１９年の夏だった。

ようやく仕事に慣れたころ、コロナ禍が直撃する。「花火大会の中止が続き、どうなってしまうのかと不安でした」。それでも、幼いころから憧れた花火の世界。希望を失うことはなかった。

社長の斎藤健太郎さん(42)は「今年の花火には、私たち花火師の思いが詰まっています」と語る。20年の売上高は7割減。21年も苦境が続いたが、今年は持ち直した。全国の花火師が腕を競う「大曲の花火」も3年ぶりに開かれる。「花火を見るとき人は上を向く。今年こそ、花火で元気になってもらいたい」

火薬を扱う花火づくりは緊張の連続で、大玉の完成には数カ月を要する。そんな重労働も、大勢の観衆の瞳を輝かせる数秒があるからこそ報われる。しかし、日本煙火協会によると、花火の催しの数は20年で例年の1割、21年は2割ほど。今年も3~4割にとどまる。

コロナ禍はどれほど多くの日常を奪ったことだろうか。入学式、運動会、修学旅行。飲食店での仲間との語らい。病院へのお見舞いや家族の葬儀すら思うにまかせなかった。古来、花火には悪疫退散の願いも込められてきた。第7波は一向に収まらないが、3年ぶりの花火に祈りを託したい。

〈果てしより花火師の闇新しき〉清水道子。光と闇にそれぞれの思いを乗せ、27日、大曲の花火は94回目の本番を迎える。

国家と葬儀　8・25

赤い喪章の人々がひたすら歩く。献花や肖像画を携えて。雪の広場を埋め尽くした弔問の群衆はアリの集団のようだ。映画「国葬」は1953年に没した旧ソ連の独裁者スターリンの国葬を描く。

ウクライナ出身のセルゲイ・ロズニツァ監督のドキュメンタリーだ。「偉大な指導者」「地上で最良の人」。そんな弔辞が延々と続く。この権力者による恐怖政治や大量粛清の現実を知るいま、壮大な葬送はグロテスクな戯画である。

安倍晋三元首相の国葬に対する反対の声が広まる。誰しも、遊説中の非業の死を悼む。ただ旧統一教会と自民党の癒着が改めて明るみに出たいま、国葬に対する違和感は強まる。自派と自党の勢力伸長のために危うい教団と深く手を握っていた。

戦後の首相で国葬は吉田茂ただひとりだ。大宰相と評された人は他にもいたが、内閣・自民党合同葬が慣例だった。〈個人の自由を社会秩序の基本となす〉〈権力による専制に反対する〉。55年の自民党立党宣言にある。全額国費で国家を挙げて葬祭を催すことは、立党の精神に沿うのだろうか。

英国の歴史コメディー「スターリンの葬送狂騒曲」も同じ国葬を題材にする。国家を挙げた葬送は、形式こそ厳粛だが、陰で政治家が権力闘争に明け暮れる。故人を悼むという本質はすっかり置き去りにされる。

きょう安倍元首相の四十九日。国葬を押し通す背後にどんな思惑があるにせよ、国民の弔意を演出するかのような営みにはくれぐれも自制的であってほしい。

あらがう心　8・26

チェコスロバキアの首都プラハにソ連軍の戦車が続々と現れたのは、1968年8月20日の深夜。翌朝にはチェコ首脳の身柄を拘束し、モスクワへ連行する。緊迫の1週間、市民は戦車を囲んで抗議した。

東欧で最も自由化の進んだ国だった。若者たちはビートルズをチェコ語で歌い、複数政党制の意義を論じた。「プラハの春」である。ソ連指導部は「反革命」の動きが他国へ波及することを恐れた。

2022・8月

「チェコスロバキア軍は動けず、国民も組織的な反撃はしませんでした」。福田宏・成城大准教授(51)は話す。プラハの若者は、戦車を迷わせるため街路表示板を外すなど非軍事的な抵抗に徹する。地下放送局からチェコ語版「ヘイ・ジュード」を流し続けた。

歌い手はマルタ・クビショバさん。ソ連に従順な新政権下で罪を着せられ、歌う場は奪われる。当局から亡命を強いられたが、拒み続けた。89年に共産党支配が崩れて名誉を回復するまで、黙々と会社勤めをした。

映画「存在の耐えられない軽さ」はプラハを蹂躙（じゅうりん）する戦車を映し、暴力を可視化する。ウクライナの戦禍と重なった。プーチン大統領は、プラハと同じようにやすやすと傀儡（かいらい）政権を樹立できると誤信していたのではないか。

力に屈したかにみえたプラハ市民も水面下では抵抗の精神を失わなかった。結局は抗（あらが）う心を戦車で踏みにじることはできない。ロシア軍のウクライナ侵攻から半年。映画で流れるクビショバさんのヘイ・ジュードを聞きながらそう確信した。

休むな、休め　8・27

2022・8月

毛筆なのに英文。格言なのに軽妙。〈Haste not, Rest not〉。急ぐな、休むな。盛岡市先人記念館に入ると、新渡戸稲造の扁額が目に飛び込む。生誕160年を記念した遺品展だ。

その人生をたどると多彩な活躍に圧倒される。英語で『武士道』を著し、国際連盟の初代事務次長に。東京女子大の初代学長として女性教育にも情熱を注ぐ。昭和の末から平成にかけ、5千円札の顔を務めた。

隣にはもう一つ扁額があった。〈Haste not&Rest more〉。こちらは一転、「もっと休め」と諭す。「弟子に向けたもので、温かいまなざしが伝わってきます」と主任学芸員の中浜聖美さん(43)は話す。

ハンセン病治療で知られる精神科医の神谷美恵子の両親は、新渡戸の仲立ちで結婚した。自宅にしばしば遊びに来ては、神谷のほおをつねってかわいがる新渡戸は「慈愛の深いおじいさま」だった。

長じて神谷は医師の目で新渡戸を分析する。「完全癖」が強すぎて、幾度もうつ状態に陥っていた。「いかなる自力も太刀うちできない感情的な不安定さ」に取り付かれ、療養を重ねた(『存在の重み』)。情熱のたぎる盛夏のような人物だと思っていたが、自らの弱さや寂しさを知る晩夏のような人だったのかもしれない。

〈太平洋の橋とならん〉。気宇壮大な理想を掲げ、「休むな」と自らを叱咤しながらも、休まざるを得ないもろさを自覚していた。だからこそ、日本と世界をつなぐ大きな橋となった。

世論調査の裏側　8・28

お昼どきに入ったすし屋の品書きに、松1980円、竹1280円、梅980円の3種類があったとする。さてどれにしようか。行動経済学の知見によると、多くの人は真ん中の「竹」を選びがちだという。

上と下を避けて、無難そうな選択をする傾向は「極端回避性」と呼ばれる。売る側からすれば本命を真ん中に据えるのがいい。そんなことを思い出したのは、夫婦別姓制度の世論調査をめぐる本紙連載記事を読んだからだ。

政府の世論調査で、選択的夫婦別姓制度を導入することへの賛成は2017年には42%台だったが、昨年は28%台まで落ちた。その裏に質問内容の変更があったことがよく分かる。

回答の選択肢として「同姓制度を維持」と「別姓制度を導入」の間に「旧姓使用」が置かれた。同姓制度を続けつつ「旧姓を通称として幅広く使うこともできるようにする法制度」を設ける、という説明も付けた。イチ押しの選択肢なのだろう。

政府内では調査を始める前、世論誘導につながるとして「幅広く」の文言をやめるよう求める声が出た。しかし主たる担当の法務省は、保守派に配慮する必要があるとの理由から拒否したという。これまで別姓制度への賛成が多かったのを自民党の一部議員が問題視していた。

結果は「旧姓使用」が増え「別姓制度」を上回った。調査におかしな配慮が入り込むようなら、但し書きが必要になるかもしれない。「質問には、ある意図が込められています。十分注意の上、お答え下さい」

原発の要塞化　8・29

古今東西、軍事行動の拠点である要塞は、様々な手段で守りを固めてきた。山の上に築いたり、周りに堀をめぐらせたり。切り出した石を重ねた城壁もあれば、砲弾の衝撃を吸収するための土塁もある。

ウクライナでの戦争でロシア軍はあろうことか、原子力発電所を盾とし、要塞のごとく使っている。欧州最大級の出力を持つザポリージャ原発の占拠を続け、そこから軍事行動をしていると指摘される。不穏なニュースが刻々と伝わる。

先日は戦闘により、原発を動かすための電源が一時失われた。敷地内の建物が砲撃されたとの情報もあり、ウクライナ、ロシア双方が相手の軍が撃ったと非難している。いずれにせよ原発占拠がなければ起きなかったことだ。

原発が城壁や土塁と違うのは、破壊されれば広い範囲で人々を巻き込む「兵器」と化すことだ。原発事故が人体をいかに蝕むか。ウクライナは旧ソ連時代に経験している。

ノーベル賞作家のアレクシエービッチさんによる聞き書き『チェルノブイリの祈り』で、消防士として被曝した夫の最期を妻が語っている。症状は刻々と悪化し、「私は毎日ちがう夫に会ったのです」。体のあちこちにできた潰瘍が大きくなっていく。皮膚には青色、赤色そして灰色がかった褐色が現れた。

戦争を始めたプーチン大統領は、弄んではいけないものを弄んできた。国際社会のルールであり、ウクライナの人々の命である。原発の要塞化で、周辺国の人々の命や健康も危険にさらされている。

本を手放す　8・30

仕事柄、本に埋もれるようにして原稿を書いている。しかし近く社内の引っ越しがあり、書棚が今より小さくなる。本を手放さなければならないが、できれば誰かにもらってほしい。ご自由にお持ち下さいと社内の廊下に並べている。

なくなると「おっ、あの本は動いたか」とうれしくなる。一方で最後まで残る本は何だか寂しそうだ。古書店の店主というのはこんな心境だろうか。

ライターの橋本倫史(ともふみ)さんが書いた『東京の古本屋』に店主たちの様々な声がある。「歌舞伎の見得(みえ)切りじゃないけど、本が見得を切るんだよ」。自分を見てくれと本が訴えてくる。そう感じる店主は、今日はどれを手に取ってもらえるかと常に思い巡らしているのだろう。

本を触っているだけで楽しい、という店主もいる。畑に親しむ人が「土を触っているとすっきりする」と言うのと同じだと。自分の本を預けたくなるような店がある。

昨年の春に亡くなったジャーナリスト立花隆さんの本の話が、少し前の共同通信の記事にあった。膨大な蔵書で知られる人だが、その5万冊が本人の遺志により古書店に譲渡されたという。

自分の名を冠した「文庫や記念館などの設立は絶対にしてほしくない」と周囲に語っていたそうだ。読みたい人の手に渡るのが一番と考えていたのだろう。

古書店で多くの本を買った立花さんには、自然な選択だったか。お金だけでなく、本も天下の回り物。誰かが読んでくれるありがたさを思いつつ、親しんだ本とお別れする。

長江と干ばつ　8・31

長江は大きいと云っても、海ではない――。作家の芥川龍之介が、中国を東西に貫く大河を上った時のことを「長江游記」にしたためている。芥川の乗る船は「水を裂きながら、悠悠と西へ進む」。大きくないかだが2艘、3艘と下っていくのが見える。

屋根があり、家屋のようないかだ。豚を飼っているいかだ。米国の砲艦の姿もあったというから、雄大さは海と見まがうほどなのだろう。そんな豊かな水をたたえた河はどこへ行ってしまったか。流域での干ばつが連日報じられている。

支流が干上がり、ひび割れた川底がのぞいている写真が先日の紙面にあった。高温が続いて、長江流域の降水量は例年の半分ほどしかないという。水力発電が滞り、電力不足が大都市の重慶などを襲った。

気温が40度を超えても思うように冷房を使えない。それがいかに過酷なことか。人々はやむなく地下鉄の構内などを「避暑」の場としている。日照りによる農作物の不作も懸念される。

異常な気象の原因は、ラニーニャ現象そして地球温暖化にあると指摘される。温暖化といえば日本では、夏の洪水が気になってしまう。中国でも一昨年の夏は、長江流域で氾濫（はんらん）が相次いだ。一転しての干ばつは、厄災が様々な顔を持つことを改めて示している。

干ばつはもともと旱魃（かんばつ）と書き、「魃」は中国古代の神話に出てくる日照りの神の名だという。その神が風の神や雨の神と争い、気候を左右する場面が神話にある。恐ろしい力が少しでも収まらんことを。

2022

9
月

ゴルバチョフさんを悼む　9・1

若きミハイル・ゴルバチョフさんが、愚痴を手紙に綴(つづ)っている。地方の検事局で実習をしていた時、遠くにいる恋人にあてた。君からもらう手紙が素晴らしいので、それだけに自分の周囲のことが嫌になる、と。

ソ連共産党の地方のボスたちが「なにごとも慣行を重視し、主従関係で行動する。結論はすべて前もって決定される。遠慮を知らぬ官僚的厚かましさ、高慢さ……」(『ゴルバチョフ回想録』)。党の体質への疑問がすでに芽生えていたのだろう。

その彼が約30年後、ソ連の最高指導者になる。ペレストロイカ(立て直し)を手がけ、経済を官僚主義から解き放とうとした。グラスノスチ(情報公開)も進め、言論や報道の自由を広げた。

社会主義体制が崩れる過程では、東欧の国がソ連のくびきから離れていくのをあえて止めなかった。その姿勢は往年の歌手にちなみ「シナトラ・ドクトリン(原則)」と呼ばれた。名曲「マイ・ウェイ」よろしく、どの国も自分の道を進んでいいのだ。

ゴルバチョフさんが91歳で他界した。その知らせに皮肉を感じてしまうのは、プーチン大統領

2022・9月

がウクライナへの侵略戦争を続けている最中だからだ。ソ連崩壊で失われた大国意識を取り戻そうとするかのように。国内の言論は窒息状態にある。

振り返って思うに、言葉に青臭さも感じるような指導者だった。国際協調を説き、「各国の国民は1本のロープでつながれた登山家のようなものだ」と語っていた。いまこそ必要な精神であろう。

＊8月30日死去、91歳

点検と調査　9・2

点検と調査は似ているようでかなり違う。「エレベーターの点検」は日常的に見られる風景だが、「エレベーターの調査」となれば何か事故が発生したかと思うだろう。旧統一教会に関して自民党が手がけているのは、あくまで点検だそうだ。

記者会見した茂木敏充幹事長は、質問で「調査」の言葉が出ると「調査ではありません」とわざわざ訂正していた。問題を小さく見せようとしているのか。「議員それぞれが点検を」と言っておけば、その対象は生きている議員だけになる。

亡くなった安倍元首相については、教団の票を差配したという証言まで出ているのに、完全に素通りである。たとえて言えば、ガス漏れしているのに緩んだガス栓のことは脇に置き、「ガス臭くないですか」と聞いて回るようなものだ。

本気で調べ始めれば、安倍氏を支持してきた保守層を敵に回してしまう。そして何より、今月27日に予定する国葬への反対論がさらに高まると心配しているのだろう。国葬という形式にこだわったために、おかしなことになっている。

旧統一教会との関係を洗い出したからといって、安倍氏の足跡が無に帰すわけではなかろう。首相在任中、景気を良くしようと努めたことは評価したいと思う。一方で森友や加計の問題では、社会の倫理を蝕(むしば)むような振る舞いが目に余った。

故人を悼むというのは、功罪をあいまいにすることではなく、きちんと受け止めつつ、静かに見送ることだろう。どんな人の場合でも同じである。

2022・9月

修理する権利　9・3

もし自分が過去へとタイムスリップしたら、と考えることがある。21世紀の科学技術を教えてほしいと言われるかもしれない。しかしパソコンもスマホもどういう仕組みで動いているのか分からない。

ラジオを自作した時代はすでに遠く、最近の電子機器はブラックボックスそのものだ。いや、そんなことではいけないという動きが欧米で起きているという。問題があれば自分たちの手で直せるようにすべきだ。メーカーや政府に「修理する権利」を求める運動である。

スマホなどのデジタル機器は故障したら買い替える風潮が広がるが、お金もかかるし資源もむだになる。だからこそ修理しやすい製品設計、修理に関する情報の開示、そして入手しやすい部品などが必要だという。

動きに押され、アップルは米国でスマホの修理用具を販売し始めた。米メディアによると、ニューヨーク州議会は修理する権利のための法律を可決した。権利を求める運動は農業機械や医療機器にも及ぶ。日本にも波及するだろうか。

そう思っていたら、逆にブラックボックスを悪用したニュースに接した。島津製作所の子会社の従業員が病院に納入した医療機器に細工し、故障したように見せかけた疑いが出ている。修理費用の名目でお金を請求していたらしい。

身の回りの機器に対し目隠しされた状態にあるのが今の私たちかもしれない。分からないから仕方がないと、安くはない代償を払っているのではないか。修理する権利からの問題提起である。

供養の日に　9・4

ダルマや羽子板、ひな人形、ぬいぐるみ……。新潟県燕市の国上寺（こくじょうじ）に「供養してほしい」と持ち込まれた品々である。思い出がありすぎて捨てるに捨てられない品々を預かり、読経をして火にくべる。

春1回だった供養祭を、おととしからは秋にも開く。持ち込まれる品数が膨らんだからだ。「単なる廃棄では気持ちの整理がつかない。ぜひ供養を、というご要望が増えています」と住職の山田光哲（こうてつ）さん(55)は話す。

寺が4年前に始めたのは「炎上供養」だ。ＳＮＳやネットの掲示板に批判や中傷の書き込みが殺到し、心に傷を負った人たちに救いを提供するのが狙い。問題となった投稿を寺の公式サイトに送ると、寺はそれを紙に印刷し、撫木（なでぎ）と呼ばれる木の札に巻きつけてたき上げる。

昔なら井戸端会議の陰口で終わったはずのものが、いまはネット空間で一気に拡散する。「現代版の災難です。救済するのは仏教の大義じゃないかと思い立ちました」。これまでに約５００件を無料で供養した。依頼主には若い人が多い。

2022・9月

本紙地域面に載った供養の対象には、名刺や写真、犬型ロボット、入れ歯にパチンコ台もあった。かつては家族や恩人らを見送るための儀礼だったものが、やがて対象に縫い針や人形が加わり、さらにはペットや身近な品々へ。気がつけば自分がスマホで発信した情報まで供養する時代になっていた。

きょうは供(9)養(4)の日だとか。いまから100年後、200年後の人々はいったい何を供養するのだろう。

蚊の夏バテ　9・5

昨夏、この欄で蚊の話題をとりあげた。「蚊にかまれる」と書いたところ、読者から相次いで問い合わせをいただいた。いずれも「かまれる」という言い方は聞いたことがないとのご指摘だった。

山形県内の読者は電話で「私は『蚊にさされる』と言うのですが、これは方言でしょうか」。神奈川県の方からはメールが。「東京で生まれ、東北を転勤し、横浜で半世紀以上を過ごした。『かまれる』という表現は初めて目にした。どの地域で『かむ』というのか知りたい」

国立国語研究所（東京都）に大西拓一郎教授(59)を訪ねた。蚊に血を吸われる現象をどう表現するか、２００９年に全国調査をした。「さされる」という回答は秋田、岐阜、長崎など広域に及んだ。「くわれる」も青森から新潟、愛知、沖縄で確認された。

対照的だったのは「かまれる」だ。近畿と四国東部に集中し、東日本では使われていなかった。「それでも、さされるが標準語の地位にあるとは断定できない状況です」

〈蚊の居ない夏は山葵（わさび）のつかない鯛（たい）の刺身のやうなもの〉と物理学者の寺田寅彦は書いた。蚊に襲われないと夏を迎えた気がしないそうだ。とてもそんな境地にはなれないが、それにしても今夏は蚊の襲来が少なかった気がする。猛暑続きで蚊も夏バテに参っていたのだろうか。

と思いきや、暑さが和らいできたとたん、連中が猛攻を再開した。チクッ、かゆい。またやられた。あれれ、蚊には「さされる」？「かまれる」だったっけ？

2022・9月

破天荒ＰＣＲ人生　9・6

先日、またしてもＰＣＲ検査を受けた。いつもながら結果を見るまで、悲観と楽観の間を揺れ動く。かくも心を乱すＰＣＲはどう生み出されたのか。米化学者キャリー・マリス博士の自伝を開いてみた。

『マリス博士の奇想天外な人生』によれば、原理を発見したのは1983年春の夜のこと。恋人の女性と渓谷をドライブ中だった。狙ったDNAの部位を瞬時にワッと増やせば、「微細な遺伝子を道路脇の巨大広告のように拡大して見せられるはず」と。車を道路脇に止め、大急ぎで紙に書き留めた。

子どものころから大の実験好き。誤って爆発や発火させたこともたびたびあった。PCR法を開発した功績で93年のノーベル賞に輝いた後も、発言の過激さが警戒され、製薬大手から講演を断られている。

養王田（よおだ）正文・東京農工大教授（62）によれば、かなり風変わりな人物だった。著名な大学や研究所で定職に就いたことはない。論文も数えるほど。離婚3回、結婚4回。「ノーベル賞を受賞したときも無職で、実態はサーファーでした」

当人は「ズボラで身持ちの悪い人間」と自称するが、専門家には「生命科学の救世主」と評価されている。「遺伝子疾患の診断から犯罪捜査、ゲノム解析まで、PCR技術がなければいまほどの進展はあり得なかった」と養王田さん。

博士はコロナ禍直前に74歳で亡くなった。いまやPCRは地球に住む77億人の大半が知る言葉となった。もしいま健在なら、さぞ得意げに胸を張ったに違いない。

＊２０１９年８月７日死去、74歳

幻視画伯の思い　９・７

東京都大田区に住む元区立図書館長、三橋昭さん(73)は朝、目覚める寸前に不思議なものを見る。洗濯ハンガーにぶらさがる小人。花びらを吹き出すエアコン。反転したＳとＫの文字。どれも幻視である。

「昼寝では見えません。朝まだウトウトしている時にだけ現れます」。最初に見えたのは69歳の冬。目の病気を疑ったが、家族には内緒にした。だが大学病院でレビー小体型認知症と診断され、気持ちが定まる。せっかく見えた幻視だ、絵に描きとめてやるか、と。

巨大な靴を頭にかぶったガイコツ。逆立ちした平仮名の群れ。８本足の馬。ほとんどは黒の線画だが、カラーの日もある。若いころ映画制作に携わった経験から、浮かんだ像を正確に記憶しようと努めるものの、ほんの数秒で消えてしまうという。

主治医から絵の出版を勧められ、『麒麟模様の馬を見た』をおととしの夏、刊行した。講演を頼まれ、絵の個展も開かれた。幻視画はカレンダーにもなった。「幻視のおかげで退屈知らずの

2022・9月

日々を送っています」

ご自宅で原画を拝見して考えたのは、介護施設で暮らす認知症のわが父のこと。親族の顔がわからなくなったかと思うと、直近の国政選挙を堂々と論じだす。これまで家族としてとまどうばかりだったが、病気への見方が変わった。

ホンワカとした三橋さんの幻視世界。そこには人と動物の境がなく、時空に壁がない。想像力が自在にはばたく作品群から、認知症と向き合う生の奥深さ、そして豊かさを学ぶ。

国葬ドタバタ　9・8

1967年秋、日本武道館で催された吉田茂元首相の国葬では、急きょ8万本もの菊が必要になった。請負業者は首都圏だけで調達できず、関西へ飛ぶ。菊の市況が跳ね上がったという。

政府の『故吉田茂国葬儀記録』が紹介する逸話である。武道館ではその前日、明治大学の学園祭が開かれた。夜を徹した突貫工事で、〈全国民哀悼のうちに国葬が厳粛にとり行われた〉と総括している。

しかし当時の記事を見ると、〈全国民哀悼〉の雰囲気は乏しい。東京駅で黙禱(もくとう)を呼びかけられても、足を止める姿はわずかだった。のちに国会でも議論を呼ぶ。「なぜ花代がこんな額に」「内閣の判断だけで開催できるのか」

吉田氏の国葬から55年、同じ武道館で安倍晋三元首相の国葬が挙行される。費用は16億円を超す。吉田氏の国葬は死後11日目、今回は81日目。反対署名の輪が広がり、国会前では〈弔いの強制やめろ〉との横断幕が掲げられた。

国葬の歴史は、明治の元勲、岩倉具視（ともみ）にさかのぼる。壮大な葬送を演出し、国威を高めることが企図された。だが明治政府はノウハウを持たない。外国人教授らに議会の承認、弔砲の数などを大急ぎで問い合わせた（宮間純一著『国葬の成立』）。

きのう午後、武道館を訪ねると、機材や看板の設営中だった。国葬かと思いきや、若手人気シンガーの公演準備。下旬には空手大会の予定もある。またしても国葬は突貫準備になるのか。式壇に何本の菊が並ぶのか。花代はすべて国費で支払うのか。

2022・9月

殿のトリセツ　9・9

殿の起床は7時半。お目覚めの前、硯（すずり）の水を用意すること。朝の厠（かわや）が済んだら、お手に湯桶（ゆとう）の水をかけ、たらいで受けること。三河吉田藩にはそんな勤務マニュアルがあった。近刊『江戸藩邸へようこそ』（久住祐一郎著）は近習たちの口伝を紹介する。食事中は90センチ離れて待て。肉や魚を食べない精進日にカツオ節を供すれば、おとがめを受けるぞと。

徳川時代の藩士らも舌を巻くほど精緻な勤務マニュアルを経産省の現役職員が作っていた。西村康稔経産相の出張随行用だ。いわく大臣は土産購入が多いので荷物持ち要員を置くこと。帰路の駅では弁当購入部隊とサラダ購入部隊の二手で対応すること。

1枚紙に10項目がびっしり。「お土産店では事務方が瞬時に支払い（立替）」「保冷剤の購入は必須」。要点には下線や※印が付される。機嫌を損ねぬよう、いらぬ叱責を招かぬよう細部に気を配る能吏の背中が目に浮かぶ。

文書を読みながら、耳の奥で鳴ったのは西野カナさんのヒット曲「トリセツ」の旋律。〈急に不機嫌になることがあります　放っとくと怒ります〉。夫婦でも職場でも当節は何でもトリセツ頼みだが、大臣のトリセツ作りが国家公務員の本分だとはやはり信じたくない。

〈おれたちは国家に雇われている。大臣に雇われているわけじゃない〉。城山三郎さんの名著『官僚たちの夏』で、主人公の通産官僚が若手に言い聞かせる。省庁名は変わっても同じ経産省、サラダ購入部隊に入った官吏はどんな心境か。

さびしき王冠　9・10

初めて言葉を発した日、そして一人歩きができた日も、母は公務で不在だった。男児が甘えたのは乳母たち。新たな英国王チャールズ3世は、そんな乳児期を送った。

評伝『チャールズ皇太子の人生修業』によれば、母のエリザベス女王は責任感が強く、君主の務めを何よりも優先した。3男1女をもうけたが、「英国の顔」として出張も多く、子育てに時間を割くことはできなかった。

英王室を描いた近年の小説や映画で、とみに人気が高いのはドラマ「ザ・クラウン」だろう。たとえば、寄宿学校でいじめを受ける皇太子の教育方針をめぐって、女王夫妻が言い争う。夫は「甘やかすな。軟弱な男になる」。女王は反対する。「いじめで傷ついた子は壊れた大人になる。すぐに連れ戻したい」

ダイアナ妃と離婚したいと皇太子が打ち明ける場面では一転、女王が叱責する。「失望させないで。将来、国王になりたいのなら、ふさわしい振る舞いをなさい」。不仲や不倫が次々に暴露され、英王室が揺れ続けた現実の日々を思い出した。

2022・9月

「最愛の母の死は、私にとって最大の悲しみです」。皇太子は即位に合わせ、そんな声明を出した。水入らずで過ごせる時間は限られていたが、母と息子はたしかな心の糸で結ばれていたようだ。

ＢＢＣ元記者が、英国の君主を待ち受ける過酷な現実をこう述べる。〈背筋が寒くなるほどの責任と、ことあるごとの孤独〉。73歳の新国王は船出するいま、母の愛の深さをかみしめているに違いない。

いざよいの月　9・11

「今日は夏の空でしょうか、それとも秋晴れでしょうか」。ラジオのアナウンサーがきのう戸惑いながら語っていた。見上げると朝のうちは入道雲があったのに、昼ごろの空にあるのはひつじ雲のような、鰯(いわし)雲のような。

「秋暑し」という季語があり、歳時記によれば8月の残暑に使うことが多いようだ。しかし9月の半ばにさしかかっても「秋暑し」と言いたくなる年が増えた気がする。きのうも東京都心は長袖にしたのを悔やむような陽気だった。

〈太陽はいつもまんまる秋暑し〉三橋敏雄。太陽は、と詠んだのは満ち欠けする月と比べているからだろう。日中の季節感は狂わせられても、夜は確実に長くなってきた。月もそれだけ、十分にかがやくことができる。

きのうの晩は中秋の名月を楽しめた方が多かったか。もちろん少し欠けた月にも風情はある。今宵の十六夜の月は、古くから歌題として好まれてきた。鎌倉時代の歌学書『袖中抄』には「いさよふ月とはやすらふ月を云也」とある。

いさよふもやすらふも「ためらう」の意で、十五夜より少し遅れて出る月にはふさわしい。やすらふには「休む、休憩する」の意味もあり、現代語の「安らぐ」を思わせる。欠けていく月には、下り坂なりの心の平静が宿る気がする。

十六夜の月を見上げた徳冨蘆花は、雲の美しさにも目をとめた。〈白雲団々、月に近きは銀の如く光り、遠きは綿の如く和らかなり〉。太陽からもらった光を、月は別の誰かに惜しむことなく与えている。

沖縄県知事の再選　9・13

沖縄の詩人、新城兵一（しんじょうたけかず）さんのつづった一編がある。〈この島では　雪はふらない。だが　鉄板・部品・金属片なら　ときどき空から　落ちてくる〉。米軍機がもたらす厄災である。その詩「健忘症」には、起きてはいけないことが起き続ける沖縄の現実がある。

〈あれは　いつだったか。きのうだったか。おとといだったか〉。米兵による女性の暴行、軍用機の墜落、環境の破壊……。一つひとつの痛みが層をなして「新基地建設反対」へとつながっているのだろう。

一昨日の沖縄県知事選で、辺野古への基地移設に反対する現職の玉城デニー氏が再選された。「県民の思いはぶれていない」と彼が言うように、移設反対の意思が示されるのは、知事選と県民投票をあわせ連続4回目だ。

「意思が繰り返し示されたのだから」と言いたい。しかし実際は「繰り返し示されたのに」と言わざるをえない。松野博一官房長官の「県民の判断であり、コメントは控える」との言葉は、無視ないし黙殺に限りなく近い。

数年前、防衛省の役人に言われたことがある。「沖縄の世代が入れ替われば基地への姿勢が変わるはず」。沖縄戦を知らない戦後世代、そして米軍統治下の苦難を知らない世代が増えていけば、沖縄は基地を容認するはずだと。

国の意に沿う世論になるまで、移設作業を強行し続けるという冷酷さであろう。そしてそれを許しているのが沖縄以外にすむ私たちだ。事件も事故も、そして県民の意思も、忘却されていいはずがない。

2022・9月

コメの擁護　9・14

コメのごはんが大好きな作家の嵐山光三郎さんが、「新米」の言葉使いに物申している。新入りの意味としては、新しい前掛けの「新前」が先だった。転じて新米なのだが、それは「本来の新米にとって失礼」だとエッセーに書いている。

世間で日のあたらない人を指す「冷や飯食い」にも一言ある。「おむすびは冷えてもうまいし、夏の冷やし茶漬（ちゃづけ）はたいそう涼味のあるものである」（『ごはん通』）。全て同意する。そして、いつにもましてコメを応援したい環境になってきた。

国際的な小麦の価格が上昇し、国内でもパンなどがじわりと値上がりしている。これ以上高くならぬようにと政府は輸入小麦の価格を据え置く策に出た。心配になるが、それでもこの国にはコメという選択肢がある。

小麦の高値の背景にはウクライナ侵攻による輸出の停滞がある。それを思えば万が一の際の食糧確保策が気になるのは自然なことだろう。日本の場合、コメ抜きには語れない。

元農水官僚の山下一仁（かずひと）・キヤノングローバル戦略研究所研究主幹が提案するのは、コメの輸出である。生産調整をやめて増産し、平時には輸出する。もしも海上交通が途絶するようなことがあれば輸出に回していたコメを食べる。備蓄と違ってお金もかからないと『国民のための「食と農」の授業』で述べている。

課題は色々あろうが、一考に値するのではないか。さて今年のコメの作況は平年並みの地域が多いという。まずまずの出来に感謝しつつ、新米を待つ。

区議会議員の声明　9・15

ロシアでもどの国でも、区議会議員の言動が国際ニュースになることはあまりない。しかしモスクワやサンクトペテルブルクなどの数十人の議員が出した短い声明は、すぐに世界に伝わった。「プーチン氏の行動はロシアとその国民の将来に損害を与えると、我々は考える。大統領の職を辞するよう要求する」。ウクライナ侵攻の責任を公然と問う内容であり、世に出すのは勇気のいったことだろう。

動きが地方議員にとどまる限り、プーチン大統領にとっては蚊に刺された程度かもしれない。しかし戦場ではロシア軍の後退が目立っており、それが大統領への失望につながっているとも言われる。

身勝手な侵略、戦場での残虐行為、国内の言論弾圧……。ロシアの行動はかつての日本を思わせる。そして戦時下の日本でも厭戦(えんせん)気分は滲(にじ)み出ていた。「米機を撃つなら、英機も撃て」。都心のガード下に貼られたビラは、イギリス軍の飛行機にかこつけて、東条英機首相を批判していたという（安岡章太郎著『僕の昭和史』）。

当時の日本では厭戦が反戦の大きなうねりにはならず、政権を揺るがすこともなかった。いまのロシアではどうか。２０２４年の大統領選挙まで待たねばならないのか。それ以前にプーチン氏が行動を改める機会はないのだろうか。

「あらゆるところからプレッシャーをかけなければいけない」。声明に名を連ねた議員が米紙に語っていた。いまは小さな点に過ぎない圧力がやがて面になる。そんな日はいつか。

五輪と電通　9・16

大手広告会社の電通はかつて「鬼十則」なる心得を社員手帳に載せていた。「仕事は自ら創るべきで、与えられるべきでない」「大きな仕事と取り組め、小さな仕事はおのれを小さくする」など強気の言葉が並んでいた。

東京五輪をめぐる汚職事件の中心にいるのが電通の元専務・高橋治之容疑者である。その手口を見ると、鬼十則の「仕事」を「利権」に置き換えてみたくなる。「利権は自ら創るべきで……」「大きな利権と取り組め……」

自ら起こしたコンサルタント会社などを通じ、あちこちから賄賂と目されるお金を受け取っていた。五輪のスポンサー選定をめぐるもので、出版大手のKADOKAWAからは約7600万円だったとされる。会長の角川歴彦（つぐひこ）容疑者が贈賄の疑いで逮捕されるに至った。

角川会長は逮捕前に「五輪組織委員会が高橋さんを窓口にした」と語っていた。正式の窓口である人が、賄賂の窓口も用意していたとすれば奇っ怪である。老練な出版人は、なぜ危ない橋を渡ってしまったのか。

高橋元専務が電通の社員として五輪に関わり始めたのは、1984年のロサンゼルス大会からだという。そこから先は五輪商業化の歴史でもある。巨額の民間資金なしには回らない事業と化していった。

不思議なのは、これだけの事件を前にしても札幌五輪の招致に見直しの動きが出てこないことだ。鬼十則には「取り組んだら放すな、殺されても放すな」もあった。まさかそんな精神で札幌市は進むおつもりか。

99年前の事件　9・17

99年前の9月に起きた関東大震災で、命を拾った人々は親戚や友人を互いに見舞った。無政府主義の思想家、大杉栄も同じで、文学者の馬場孤蝶（こちょう）や社会運動家の荒畑寒村らの家を訪ねている。冨板敦編著『大杉栄年譜』でたどることができる。

そんな日々が破壊されたのが9月16日夕刻だった。自宅前に張り込んでいた陸軍憲兵により、妻の伊藤野枝や幼いおいと一緒に連行された。3人は首を絞められて殺され、廃井戸に投げ込まれた。

信じがたい事件は震災による戒厳令を抜きには語れないだろう。その雰囲気をある弁護士が記している。戒厳令は「戦時を想像する、無秩序を連想する、切捨て御免を観念する。当時一人でも、戒厳令中人命の保証があるなど信じた者があったろうか」（山崎今朝弥著『地震・憲兵・火事・巡査』）。

大杉殺害に先立ち、多くの朝鮮人、中国人が虐殺され、何人もの社会主義者が官憲の手で殺された。混乱のなか大杉を亡き者にしても、うやむやに処理できると軍は考えたか。

関東大震災の時代は大正デモクラシーが進展したときでもあった。それを思うと、人種差別や思想弾圧に由来する酷い事件が頻発したことが奇異に感じる。当時のデモクラシーなるものの限界を示しているのか。

震災下の事件が前触れだったかのように、その先の戦時下では言論や人権の弾圧が進んだ。非常時の名のもと、雰囲気のもとで起きる信じがたいこと。それを看過するのがいかに危険かを1世紀前の事件から知る。

満州を撮る　9・18

写真家の船尾修さん(62)は九州の国東半島の山あいに住んでいる。東京から移住して20年以上。無農薬のコメ作りに取り組みながら、アフリカやアジアの人々の暮らしを追った写真集を出してきた。

そんな船尾さんが寄付を募って次の出版を計画するのは、旧満州国の建物の写真を集めた本だという。中国の東北地方にかつて存在した日本の傀儡(かいらい)国家の建築遺産。何度も現地に通い、約400カ所を写してきた。

なぜ満州国なのか。「もしも自分があの時代に生きていたなら、世界が一気に広がるような気持ちで満州に行っていたと思うんです」と船尾さんは話す。

6年前、瀋陽や大連といった街を初めて訪れた。満州国があった時代の赤レンガの建築が、きらめく高層ビル群に囲まれながら独特の存在感を放っていた。20世紀前半の日本という国の勢いを感じるとともに、侵略された人々のまなざしも気になった。満州国とは何だったのだろう。モヤモヤとした気持ちが撮影を始めるきっかけだった。

満州には百数十万人に上る日本人がいたとされる。敗戦ですべては失われ、多くの命が奪われた。戦争は最も弱い者たちに非情な苦しみを背負わせる。中国に残る建物は、そんな史実を目撃した物言わぬ証言者なのかもしれない。

きょう9月18日は、1931年に満州事変が勃発した日だ。あの戦争への重要な節目であり、

2022・9月

日本における終戦や原爆投下の日と同じように、中国では誰もが知っている特別な日。私たちも、忘れたくない。

卑弥呼のみたらし　9・19

店先に卑弥呼の顔ハメ看板が立っている。店内には「ひみこみたらし100円」「ひみこそうめん550円」の値段表。奈良県桜井市の団子店「まほろばの里　卑弥呼」は何もかも卑弥呼づくしだ。

「学問の世界では邪馬台国は九州にあったという説も有力みたいですけど、私らは畿内説一本でやってこ言うてます」。店長の林千鶴子さん(94)が笑顔で話す。店員13人が全員70歳以上だ。

開店は12年前。林業が陰り、高齢化が進む中、何とか街を活気づけたいと林さんが提案した。「年齢が年齢だが大丈夫か」。周囲は危ぶんだが、「屋台でもいいから」と訴えて出資者を募り、オープンにこぎつけた。

17歳のとき、大阪大空襲で家を焼かれ、父の郷里奈良へ。60代で夫に先立たれ、家業の自動車修理会社を切り盛りした。苦労の中で培ってきた市商工会女性部の人脈が支えになった。「大事なのは人の輪に毎日入ること。億の財産あったかて家にポツンと一人やったら幸せ違います」。林さんの人生哲学である。

コロナ下で店を開けられない時期は寂しかった。仲間と必ずまた働けると信じて乗り切ったという。思えばこの間、私たちが学んだのは日常のありがたさ。職場での雑談、友人らとの食事。そんな営みの豊かさを知ったいま、林さんの言葉にうなずく。

きょうは敬老の日。あいにく台風の接近で臨時休業となったが、平時なら週6日、店でわいわいガヤガヤ団子を焼く。人生百年時代に必要な「居場所」の作り方を教わった。

女王旅立つ　9・20

いまから50年ほど前、中央アフリカという国にボカサなる独裁者がいた。自ら名乗ったのは大統領→終身大統領→皇帝。仏ナポレオンをまねた戴冠(たいかん)式を強行し、「ボカサ1世」と称した。

パリの宝石細工師に宝石6千個をちりばめた王冠を作らせた。最貧国の一つが国庫を空にしかねない巨費を戴冠式に充て、世界から嘲笑を浴びる。各国元首らを招くが、見向きもされなかったとか。王冠にはどこか人を狂わせる危険な性質があるらしい。

2022・9月

「王冠をかぶると、うつむけない。重くて首が折れるから」。公開中の記録映画「エリザベス女王陛下の微笑(ほほえ)み」で、女王自身が語っている。重さ1キロを超す実物を手に、「どっちが前かわからない。扱いにくいのよ」と冗談めかす。王冠を過度に神聖視しない姿が印象深かった。

昨夜見た国葬の中継では、その王冠が女王の棺(ひつぎ)の上にちょこんと置かれていた。父王のため、1937年に作られたものだという。ダイヤモンド、サファイアなど3千もの宝石があしらわれ、豪華そのもの。ただ映画の影響か、権威より、それをかぶることを運命づけられた人の苦悩を思った。

女王の棺が4日間安置されたウェストミンスター宮殿には、普段着の人々が列をなした。ときに批判を浴びながらも、国民に歩み寄り、女王という重責を70年も負い続けてくれたことへのいたわりが感じられた。

来週は東京でもいよいよ「国葬」が営まれる。いったい、どんな雰囲気で当日を迎えることになるのだろうか。

しまてつ赤字　何のその　9・21

地元産の米と野菜をセットにした「赤字穀菜」に、「赤字を消せる」ボールペン。どれも長崎県の私鉄、島原鉄道が売り出した新商品だ。万年赤字を逆手にとり、アイデア商品をネットで宣伝する。

赤字国債が膨らむいま、赤字をネタにしてよいのか。営業統括の島田大輝さん(39)によれば、当初はためらいもあった。「杞憂でした。野菜を商うほど赤字なら、応援しようという声ばかり」。品目を充実させた「赤字穀菜極」なども商品化した。

そしていま、社内は空前の高揚感に包まれる。始発駅の諫早で、この23日に開業する西九州新幹線と接続されるからだ。新幹線に合わせてダイヤを変え、観光の起爆剤とすべく地元と知恵を絞る。

昭和の最盛期には年間460万人を運んだが、1991年の雲仙・普賢岳の噴火で線路が寸断される。利用者減がとまらない。「半世紀待った新幹線に比べれば、赤字シリーズは小さいが、社名を広めてくれました」と取締役吉田祐慶さん(63)は話す。

赤ペンを試し書きしつつ鉄道の公共性を考えた。採算だけで割り切れない独特の発信力がたしかにある。赤字をユーモアに昇華する柔軟な発想は、機械的な経営方針からは生まれないだろう。

〈祝・西九州新幹線開業〉。横断幕の張られた島原駅から乗り込んだ。1両編成の車内は、部活帰りの高校生や高齢の買い物客らでにぎわう。「日本一海に近い駅」の看板がある大三東駅に降り立ち、「赤字穀菜」鉄道がいつか黒字に転じる日を想像した。

レ・ミゼラブル　9・22

〈ビール・チューハイ10月より値上げ〉。近所のスーパーで見た掲示は、今月中の買いだめを促していた。家に届く光熱費の請求書は、ガス代も電気代もうなぎ登り。

わが実感を政府の消費者物価指数が裏付ける。8月は前年より2・8％も高かった。実に30年と11カ月ぶりの上げ幅という。当時はバブル景気がはじけた直後。食料や衣類など身近な品々の値上がりが目立った。

インフレ率に失業率を足して経済の動向を占うのが、ミザリー・インデックス（悲惨指数）である。1960年代に米国で考案され、「悲惨指数が高い年は政権交代が起きやすい」と定説化した。フォード、カーター、父ブッシュは実際、指数が高い時に大統領選で敗れた。

ウクライナ侵略に端を発した物価高がいま世界を揺さぶる。9年ぶりに政権が交代した豪州。総選挙で与党が大敗したフランス。いずれも物価急騰と政府の無策ぶりに有権者が不満を募らせた結果だ。8％超のインフレに苦しむイタリアでは、今月末の総選挙で極右政党が政権をうかがう。

日本でも岸田政権に対する不満が顕在化してきた。この1週間に発表された報道各社の世論調査では、内閣不支持率が支持率を軒並み上回った。旧統一教会や国葬の問題は当然のこと、家計を圧迫する物価高が影響しているのはまちがいなかろう。

〈恨(うら)めしや「値上げ」が秋を独占(ひとりじめ)〉近藤達。つい先日、本紙の柳壇で見た句である。終わりの見えぬ生活費の高騰は、政権の寿命すら左右しかねない。

銘酒ふたたび　9・23

不思議な名前のお酒を見つけた。「緒方洪庵」。ラベルには歴史の教科書で見たような肖像画も。福沢諭吉らを育てた幕末の蘭学者がなぜ？　由来を知ろうと愛媛県西予市へ飛んだ。

聞けば、4年前の西日本豪雨で一度は途絶えた銘柄だという。洪庵ゆかりと伝わる「緒方酒造」が、商標を登録して30年ほど前から販売してきた。だが肱川(ひじかわ)の決壊で酒蔵も被災。経営者は酒造再開を断念した。「偶然が重なって復活したお酒です」と話すのは　市の産業部係長の清家卓(せいけすぐる)さんだ。

「酒造はやめるが、文化的で知的な交流の場にしたい」。蔵元が跡地利用について相談したのが、災害ボランティアとして何度も現地を訪れた大阪大教授の佐藤功さんだった。清家さんらと交流組織を立ち上げ、復興の象徴に銘柄復活を据えた。

適塾をいわば原点とする大阪大と提携したことで、洪庵との縁も裏付けられた。蔵元の緒方家の系図を大学で調べたところ、戦国時代にさかのぼる縁戚関係が確認できた。大学は商標を譲り受け、兵庫県内の酒造会社に託して味も見た目も一新した。

昨春、酒蔵に市長や住民らを招いて試飲会を開いた。「復興はきつい仕事でギスギスしがち。久々の明るい話題でした」と清家さん。新たに愛媛産の酒米「しずく媛（ひめ）」を使うことも決まり、地元はさらに活気づくと話す。

洪庵の生原酒を試飲した。芳醇でさわやかな味わい。折しも新台風がまた列島へ。雨雲渦巻く天気図を見つつ、水害に屈しない人々の美酒を味わった。

月面タワマン　9・24

米国が主導して日本も参加する月面開発「アルテミス計画」が動き出す。アポロ計画から半世紀。基地を建設して長期滞在をめざすという壮大な構想だ。いよいよ人類が月に引っ越す時代が来るのか。

「宇宙飛行士が先陣争いをした時代は去った。いまの研究はヒトが集団で暮らすには何が要るのかが主流になりつつあります」。そう話すのは京都大SIC有人宇宙学研究センター特任准教授の大野琢也さん(54)。建設大手鹿島の社員でもあり、月に適した建築を研究してきた。

水や酸素なら月へ運ぶことができる。だが重力は難題だ。「地球の6分の1しかない。骨はもろくなり、筋肉は弱く、血液成分も減ります」。健康を維持するには地球に近い重力環境をつくりだすほかない。

思いついたのは、上層が広い円錐(えんすい)状の巨大施設「ルナ・グラス」。これをゆっくりと回転させれば、遠心力で重力不足を補うことができる。「水の入ったバケツをぐるぐる回すとこぼれない。その原理を使った人工重力施設です」

取材の際、模型を見せてもらった。素人の目には、背の高い花瓶か冷酒をつぐコップのよう。完成予想図では天地のない空間で人々が歌ったり、語らったり、地球を遠く眺めたり。SF映画さながらの世界である。

月面居住には中国も意欲を燃やす。アラブ首長国連邦は月どころか火星に60万人都市を築くと宣言した。わが旅券に「月面到着」のスタンプが押される日を夢想しながら、とりあえず冷や酒

2022・9月

をコップについだ。

特別法廷の終結　9・25

カンボジアでポル・ポト派が権力を握ったばかりの1975年。幹部の一人であるキュー・サムファン副首相が、中国を訪れ周恩来首相に面会した。共産国家の先輩である周氏から忠告される。完全な共産主義にただの一歩で到達しようと思ってはならない――。

中国は50~60年代に無理な集団化を進め、農村を荒廃させた。その失敗をもとに、「小さくてもよいから、一歩一歩進みなさい」と説かれたという。当時の国家元首だったシアヌーク氏が回想録に記している。

しかし忠告は無視されたようだ。ポル・ポト政権は徹底した資本主義の否定のもと、都市住民を農村に移し、強制労働をさせた。奴隷のような労働はやがて全国民に及び、国全体が強制収容所のようになった。

政権が崩壊するまでの4年足らずで、過酷な労働や虐殺などにより約170万人の命が奪われたという。犯罪として裁くために続いていた特別法廷が終結に至ったと、先日の記事にあった。

幹部で唯一存命しているサムファン氏は終身刑となった。

現代史に例を見ない惨事である。しかしそこに内在する要因には常に警戒すべき点がありそうだ。医師や教師など知識人と目される人びとを数多く殺したのは、異論が出てくる芽をあらかじめ摘んでおこうとしたのだろう。スパイをでっち上げ、処刑した背景には、困難を誰かのせいにするという統治の手法がうかがえる。

人類の恥辱として、折に触れて振り返るべき歴史であろう。どんなに年月が経とうとも。

市民への招集令状　9・26

徴兵からどう逃れるか。大正時代、都市の青年たちが用いた方法に、農村や漁村へ戸籍を移すというのがあった。立派な体格の農民や漁民にまじって徴兵検査を受ければ、都会育ちの身体は見劣りする。

兵役に最も適した甲種合格を避けるのが狙いだったと、今井清一編著『日本の百年5　成金(なりきん)天下』にある。後の太平洋戦争下では、しょうゆを大量に飲んで臓器の不調を起こすやり方もあったようだ。現在のロシアでも動きがあわただしくなってきた。

「腕を折る方法」。そんな言葉のネット検索がロシア語で急増している。きっかけはプーチン大統領が21日、職業軍人だけでなく軍務経験のある市民も招集すると発表したことだ。戦争に行くより自傷の方がましだと考えた人たちがいたか。

ビザなしで行けるトルコやアルメニアなどへの航空券はあっという間に売り切れた。ロシアの英字メディアによると、招集令状は軍務経験のない人にも届き始めているらしい。男性なら誰が呼ばれてもおかしくないとの恐怖感が高まっている。

侵略戦争をしながらも「特別軍事作戦」だとうそぶく。プーチン大統領の見え透いた戦争隠しは、国内向けには一定の効果があったようだ。市民生活への影響は小さいというメッセージとなり、人々の動揺を抑えてきた。しかし戦争長期化で行き詰まりつつある。

街頭での抗議行動も増えているが、参加者を逮捕し、そのまま招集することすら行われているらしい。いつまで、こんなことを続けるのか。

コスモスを眺めつつ　9・27

コスモスといえば秋に色彩を添えてくれる花だが、宇宙を指す言葉でもある。どちらも「秩序」「調和」を意味するギリシャ語がもとになっている。花のコスモスは、整然と並ぶ花びらの美しさからその名がついたという。

花びらだけでなく野原いちめんに群生する様子にも、どこか調和を感じることがある。〈秋桜見てをり吾(われ)も揺れてをり〉茂木房子。草花のなか、あるいは木々のなかにいて、自分がその一部になったかのように思えるのは幸せな瞬間である。

宇宙をコスモスと呼んだのは、古代ギリシャの哲学者ピタゴラスだという。この宇宙には秩序があり、調和が取れていると考えたためだ。ちなみに反対語は、カオスすなわち混沌(こんとん)である。

さて人間はコスモスではなくカオスを自然にもたらしているようだ。最近よく聞く「人新世(ひとしんせい)」という言葉は、人間が自然を大きくつくりかえているさまを表現している。自然界で分解されないプラスチックが生態系を壊し、温室効果ガスが海水面を上昇させる。

17世紀の思想家パスカルが人間のことを「考える葦(あし)である」と述べたのは、自然のなかで最も弱い植物のような存在だというのが前提になっている。しかし人類が環境破壊の暴力を振るっている以上、「葦」は身分の詐称かもしれない。「考える」ほうはどうか。

自然からはみ出してしまった人間ではあるが、それでも人間をやめることはできない。調和するにはどうすればいいか、自分に何ができるのか、考え続けるしかない。

国葬の日に　9・28

民話には欲張りな人物がひどい目にあうという話が少なくない。舌切り雀（すずめ）が典型で、おばあさんが雀のお宿で大きなつづらを無理にもらって来る。しかしふたをあけると、期待した宝物ではなく恐ろしい怪物が飛び出してきた。

思えば岸田首相も欲張りすぎたのではないか。国葬をすぐに決めたのは、故安倍元首相を支持する保守層をつなぎとめたいからだと言われる。あわせて各国首脳を招いての弔問外交がしやすくなるとの計算もあったか。

しかし飛び出してきたのは、国葬に反対する世論である。弔意を強制的に求めることはしないと、わざわざ弁明せざるをえなくなった。もともと法的根拠にも乏しい。「なんちゃって国葬」だと政治学者の牧原出（いづる）氏が本紙で述べていたが、名言だろう。

7月の小欄で国葬の問題点として、皆で悼むことが皆でたたえることにつながってしまう危険性を指摘した。現状は政策でも旧統一教会問題でも、安倍氏への遠慮のない批判がある。国葬の形になったのは残念だが、美化一辺倒になる事態は避けられたように思う。

きのうの弔辞で岸田首相は、安倍氏が取り組んできた拉致問題に触れた。被害者を連れ戻せなかったのは無念だろうと述べたが、これはそのまま安倍氏への批判にもなりうる。長き首相時代に成果を出せなかったのだから。評価の分かれる点は安全保障や経済政策など多岐にわたる。だいじなのは功罪をきちんと受け止めつつ、見送ることだと繰り返し言いたい。ご冥福を祈る。

死刑囚の肉声　9・29

19世紀フランスの作家ビクトル・ユゴーに、『死刑囚最後の日』という作品がある。読むと自分が死刑を待つ身であるかのような気持ちになる。最後の望みは幼い娘からもういちど「パパ」と呼んでもらうことだったが、果たせずに終わる。

国家が人の命を奪うことへの疑問が伝わってくる。『レ・ミゼラブル』には「ギロチンを見ないうちは死刑に無関心でいられる」の表現がある。見ること、知ることが、考えることにつながるのだろう。

先日の紙面で、執行を控えた死刑囚の肉声テープが報じられていた。1950年代に大阪拘置所長が録音したものだ。死刑囚は最後に姉と面会し、自分の名前を大きな声で呼んでくれと言う。

「○○ちゃん」「姉さん……」

執行の瞬間とみられる録音もあり、僧侶が読経を始めると「バーン」と音がする。絞首刑のための踏み板が開いたのだろう。この記録が貴重なのは、日本では死刑の実態がベールに覆われているからだ。米国のように家族や記者の立ち会いも許されない。

その密室性が、死刑存廃の議論が進まない一因だと言われる。そして議論する際に難しいのが、被害者遺族の感情をどう考えるかだ。自分の身に置き換えてみる。家族を殺されたら厳罰を願うに違いない。しかし、そこに死刑が含まれていなくてはならないのだろうか。

ユゴーは国会議員にもなり、死刑は野蛮だと論陣を張った。フランスを含む欧州の主要国は20世紀の終わりまでに、この制度に終止符を打っている。

反戦歌を　9・30

反戦歌を口ずさむことが増えた。ロシアによるウクライナ侵攻のニュースに日々接するうちに。米国のフォーク歌手ピート・シーガーの曲「腰まで泥まみれ」は、隊長に率いられ川を歩いて渡ろうとする部隊の話だ。

川は思ったよりも深く、体が泥水につかる。危険だから引き返そう、こんな重装備では溺れてしまうという声が出ても隊長は耳を貸さない。〈僕らは首まで泥まみれ　だが隊長は言った「進め！」〉（中川五郎訳）。ベトナム戦争の頃の歌だ。

隊長はプーチン大統領そのものである。浅い川のごとく簡単に渡れると思って戦争を始めたかもしれないが、長期化の一途を辿（たど）る。このままではいつ誰が軍隊に招集されてもおかしくない。国境には逃れる人たちの列ができた。

なぜ国内で抗議行動をしないのか。そんな問いにロシアのジャーナリストが米紙で答えていた。「実際は多くの人々が抗議し、拘束されている。独裁国家で暮らした経験のない人には想像もできない勇気のいる行為だ」。戦争反対のひとことが言えない社会がある。

ロシアでもウクライナでも、戦争が親しい人たちを引き裂いている。ピーター、ポール＆マリーが「悲惨な戦争」で歌ったのは、恋人を軍隊に取られる女性の悲しみだ。ジョニー、あなたと一緒にいたい。私も戦場に連れて行って。髪を結んで、男の服を着るから――。

ラブソングであるがゆえに強い叫びとなる。人間として家族として恋人として友人として、戦争を憎む。停戦はまだか。

2022

10
月

今日から「中の人」　10・1

天声人語は「おじさん」が書くものだと思っていた。イラストレーターの益田ミリさんが以前、本紙のエッセーで「天声人語の人」を空想していた。朝日新聞社屋の最上階の秘密部屋でハンモックに揺られる麻シャツを着た人――も、おじさんだったのでは。

実際、戦後15人いた歴代筆者は全員が男性だったのだ。ジェンダー平等を掲げる立場で「まず隗(かい)より始めよ」のご批判もあったと聞く。「あなたが初の女性筆者」だと言われても、今さらながらと思ってしまう。

そういうわけで、今日から小欄の担当は、おじさん2人とおばさん1人になった。経歴も性格もばらばらの3人だから選ぶ話題も違ってくるだろう。私には何ができるか。考えて浮かんだのは、特派員時代に車でひた走ったオーストラリアのサバンナの光景だった。

茂みからカンガルーが急に飛び出し、霧の中をウォンバットがのそのそ歩く。地元の案内役に「ライトは下向き」「ブレーキを踏むな」と叱られつつ、無性に楽しかった。人生も未知のことだらけのサバンナだと。

2022・10月

「少女時代、自分の性別が人生の妨げになると思ったことは一度もない。なぜなら私はニュージーランド初ではなく、3人目の女性首相ですから」。アーダーン首相が、4年前の国連総会で語った言葉だ。彼女の自然体は、先人が積み上げた土台があってのものだった。

1人目の歩みは遅くても、次へつなぐために始めたい。社屋の下の方にある大部屋の隅っこで、言葉の波に揺られながら。

節約パスタ　10・2

鍋の水を沸騰させてパスタを入れ、2分後に火を止めてふたをする。そのまま通常のゆで時間より1分だけ長く置く。年間数千円の光熱費が節約できるというこの新たなパスタ調理法をめぐって、イタリアで論争が起きている。

発端は、昨年のノーベル物理学賞を受けたローマ大のパリージ教授が「ふたをして気化熱を減らすと効率が良い」と薦めたことだった。ロシアによるウクライナ侵攻のあおりを受けるイタリアで、インフレは深刻な状況にある。それでも、国民食のパスタに手をつけるほどだとは。

ここで、料理人たちが意地をみせた。「べたべたして食べられない」「火を止めず、ふたをするな」と猛反発した。やはり、パスタは譲れない一線だったか。「水からゆでる方が節約できる」といった新説も出て、議論は迷走状態に。

冬を前に、人々の不安は募る。ローマの友人は、2カ月分の光熱費が昨年比で2・5倍の約11万円に跳ね上がったと嘆いた。先月の総選挙で右翼政党が躍進した一因も、現政権のインフレ対策への「ダメ出し」だという。

日本も人ごとではない。岸田首相は先月末、「我が国の電気料金も来春以降、一気に2割から3割の値上げとなる可能性もある」と述べた。激変緩和の新制度はつくるというが、直近の請求書でショックを受けた身には恐ろしい話である。

いまから備えようと、節約術を試してみた。ふたをして、待つこと9分。柔らかめのスパゲティの食感に、料理人の誇りをみた思いがした。

国別対抗ではありません　10・3

アンネ・フランクには国籍がなかったそうだ。有名な『アンネの日記』を書いたのは、生まれ故郷ドイツから逃れた先のオランダ。ナチスは国外に出たユダヤ系ドイツ人の国籍を剝奪(はくだつ)していた。

「無国籍のままなんて、かわいそう」。2000年代になって、オランダで彼女に国籍を与えようとの運動が起きた。ただ、法律上は難しく、法相は言ったという。「アンネは我々のものではない。世界のものである」

著書『無国籍』がある早稲田大学教授の陳天璽(チエンテイエンシー)さん(51)に教えてもらった。ご自身も日本生まれで両親は台湾籍だったが、1歳で日本が台湾と断交し、無国籍になった。国籍とは何か。悩み続けた人である。

今週はノーベル賞の発表が連日予定される。ここでも注目されるのは国籍だ。筆者も含め、多くの人が日本人の受賞に期待している。でも、疑問も浮かぶ。この場合の日本人とは何を指すのか。

長崎出身で英国籍のカズオ・イシグロさんは日本人とされないが、同様に米国籍をとった南部陽一郎さんや真鍋淑郎さんは「日本の受賞者」などと報じられる。自省をこめて言えば、受賞内容より国籍に一喜一憂し、日本人の受賞数に妙にこだわる風潮はないだろうか。

「国籍はその人がいかなる人間かを示す数多い要素のひとつに過ぎない」と陳さん。称賛すべきは偉大な業績であり、栄誉は「世界のもの」と楽しみたい。理想主義と笑うなかれ。ノーベルは遺書に記した。「授賞の際に国籍は一切考慮されてはならない」

「聞く力」もいいけれど　10・4

米国のハーバード大学の卒業式は、各界の著名人が演説に来ることで知られる。映画監督のスピルバーグ氏やメルケル元独首相ら、過去の登壇者には豪華な顔ぶれがずらり。歴史に残る名演説も多い。

言論統制下の旧ソ連から追放された反体制作家ソルジェニーツィン氏の1978年の語りも、間違いなくそのひとつだ。「心地のよい真実などめったにない」。ノーベル賞作家はそう前置きしてから「西側社会は自分以外の世界の本質を理解できていない」と欧米諸国のおごりを批判した。米ソ冷戦下、自由な社会への称賛を期待した聴衆は裏切られ、演説は酷評された。ただ、いま読むと、誰にはばかることなく、不都合な真実に向き合えと訴える姿勢に胸を打たれる。

きのう岸田首相の所信表明を聞いた。「様々なご意見を重く受けとめ、今後に活(い)かしてまいります」。「厳しい声にも真摯(しんし)に謙虚に丁寧に向きあっていくことをお誓いいたします」。こちらはどこかロボットの日本語のようで、言葉が言葉として頭に入ってこなかった。

きょうで政権発足から1年。本紙の世論調査で不支持率は半数に達している。国葬をめぐり社会の分断はさらに深まった。旧統一教会問題での不実な対応に国民は不満を募らせる。反骨の作家が訴えたように現実は常に厳しい。でも、それを直視し、言葉を尽くして人々の気持ちを動かすのが政治ではないのか。首相はもっと雄弁であるべきだ。「聞く力」もいいが、「語る力」が足りなさすぎる。

DNAに残る痕　10・5

現代ヨーロッパ人のほとんどは、たった7人の「母」から遺伝的に分かれた、と『イヴの七人の娘たち』に教わった。7人はヘレナ、ヴェルダなどと名付けられた。同じような構図は世界中であてはまるそうで、東ユーラシアの「母」たちはエミコ、ユミなどという。

両親から祖父母、さらにその先へ。ルーツをたどるとどこへ行き着くのか、自分はいったい何者かという問いは、人類にとって永遠のテーマだろう。旧約聖書のアダムとイブは答えの一つだが、現代は宗教にかわって遺伝学が真相にせまる。

人類の祖先はアフリカ大陸で誕生し、長い年月をかけて、太平洋の孤島にまで散らばった。その途中で出会ったのが、ネアンデルタール人だった。

今回、ノーベル医学生理学賞に決まったペーボ教授はＤＮＡを分析し、それまでの説とは異なり、我々の祖先が生物学的に交わっていたことを明らかにした。欧米やアジアの現代人が持っているＤＮＡの一部は、ネアンデルタール人から受け継いだものなのだという。

「我々の中には、ネアンデルタール人が『いる』」。かつてのペーボ教授の言葉だ。人類の壮大な旅路の痕がちっぽけな自分にも刻まれているとは、じつにロマンをかきたてられるではないか。

世界では人種の違いを理由にした差別や排除が、いまだにはびこる。しかし現代の遺伝学が教えているのは、人種という分類がいかに空しいかということだろう。私たちは皆、長い歴史上のどこかで交わり、つながっている。

2022・10月

博士が愛した日本語　10・6

ジェームス・カーチス・ヘボン博士が長い航海の末、幕末の横浜に着いたのは、１８５９年10月のことだった。上陸後すぐに耳で覚えた日本語は「アブナイ」「コラ」「シカタガナイ」だったという（高谷道男著『ヘボン』）。

それから33年に及ぶ日本滞在で、米国人医師は次々に言葉を習得していった。多くの外国人が日本語学習に使う有名な和英辞典もつくりあげる。これがヘボン式とよばれるローマ字表記の元になった。

文化庁の最近の世論調査で日本語のローマ字のつづりが混在している状況が明らかになった。英語の音に近いヘボン式は道路標識にも使われる。広く普及していると思ったが、戦前に国が示し、いまも小学校で習う訓令式を用いる人も意外と多いらしい。

地名の厚木はヘボン式の「Ａｔｓｕｇｉ」でなく、訓令式の「Ａｔｕｇｉ」とする人が4割。抹茶は「ｍａｔｃｈａ」や「ｍａｔｔｙａ」などに分かれた。文化審議会は混乱をさけるための議論を始めたという。

どの国の言語も英字表記は悩ましい。中国語も大陸と台湾では少し違うし、韓国にも複数のつづりがある。ただ、日本に来る外国人の便利さも考えれば、「聞こえる通りに」と努めた博士の考えは大切にしたいと思う。

実はヘボンの英語スペルは『ローマの休日』で有名なオードリー・ヘプバーンと同じだ。でも、日本人の耳に聞こえる音にこだわった博士はヘボンと名乗った。自ら漢字で記した「平文」との署名からもその意地が伝わってくる。

「１００年に１人」の男　10・7

羽生善治九段は、将棋の夢を見てうなされたことがある。もう勝てると喜んだところで、禁じ手である二歩を打ってしまった。ハッと気づいて目覚めた。対局の朝だったと、20年前のイベントで語っている（『将棋から学んできたこと』）。

あまたのライバルがひしめく中で、調子を整え、脱落せず、結果を出しつづける。できなければ表舞台から消えていく。容赦のない世界で、20歳で棋王となってから27年間、主なタイトルのいずれかを保持し続けた。将棋に限らず、プロの勝負に共通した厳しさだろう。

この人は、そうした重圧さえもはねのけられるのだろうか。米大リーグ・エンゼルスの大谷翔平選手が、首位打者などのタイトル獲得に必要な規定数を投打で超えた。１９０１年以降、初めてだという。

8月には、ベーブ・ルース以来となる「2桁勝利と2桁本塁打」も達成している。もはや、異次元の活躍ぶりだ。きのう米国の観客席では「Ｈｉｓｔｏｒｙ」などと手書きの看板が偉業をたたえていた。

2022・10月

それでも気負わないのが大谷流である。「来年以降も、もっともっと工夫しながらできれば、もっといい数字が残ると思います」。インタビューで見せたほほ笑みには、余裕すら感じた。目標の実現に近づけば、さらに大きな目標をめざす。大谷選手は、岩手・花巻東高1年のときからそうやってきた。100年に1人の高みに立っても、そこでは満足しない。いったい、どんな夢をさらに見せてくれるのか。わくわくする。

記録と抑圧　10・8

古代中国の斉の国に、記録係の兄弟がいた。主君を殺した重臣について事実をそのまま長兄が記録したところ、怒りを買って処刑された。兄を引き継いだ1番目と2番目の弟も、「殺した」と書き続けたために処刑される。3番目の弟が書くに至り、重臣はあきらめた。

故事で際立つのは、重臣の残虐さだけではない。それにも勝る記録係の「記すこと」への執念である。今年のノーベル平和賞の顔ぶれから感じたのも、記録する覚悟と、命を懸けてそれを伝えようとする強さだった。

ノルウェー・ノーベル委員会が「二つの独裁政権」と呼んだロシアとベラルーシ、そしていまも侵略にさらされているウクライナからの3者だ。「戦争犯罪と人権侵害、権力乱用を記録するための卓越した努力」という授賞の理由からは、伝えることの困難さも伝わってくる。

何を残そうとしているのか。それはソ連時代の市民の粛清の歴史であり、当局による政治犯らの虐待である。さらにロシアが始め、いまもウクライナで続く侵略戦争で何が行われたのかも、確実に後世へ伝えていかなければいけない。

主君殺しの重臣のように、独裁者らはあったことをなかったことにしたがる。醜い過去を美化しようとする。抑圧され、傷つけられた人々の声が「確かに存在したこと」を証明するには記録するしかない。残されていれば、言葉は次へつなぐことができる。

独裁者があきらめるまで何度も記す。潰されても潰されても、立ち上がるその姿は尊い。

虫の音　10・9

東京では、つい先日まで半袖でも過ごせそうな陽気だったのに、一気に秋が深まった。きのう近所では、ハナミズキが赤い実をつけていた。草むらでは、コオロギなど秋の虫がにぎやかに演奏会を開く。

ころころ、りんりん、じーじー。しばし足をとめて、さてここは何重奏ですか、とそおっと耳を傾けてみた。〈鈴虫は鳴きやすむなり虫時雨〉松本たかし。

虫の音などを表す擬音語や「そおっ」のような擬態語は、古くからあったそうだ。平安時代にまとまった今昔物語集を開くと、表現の豊かさに目がとまる。乳飲み子は女の幽霊に抱かれて「いがいが」と泣き、走り去る子どもの後ろ髪は「たそたそ」と揺れる。

おぎゃあ、ゆさゆさ、と現代なら言うところだろう。単語の一つひとつに消長はあれども、当時もいまも同じ音を繰り返すのが基本型だと、日本語学者の山口仲美さんが書いている（『犬は「びよ」と鳴いていた』）。うっかりなどの「○っ○り」型は鎌倉・室町時代から、どかーんなどの「○○ーん」型は江戸時代になってから現れたそうだ。

型から外れていなければ擬音語・擬態語は新しく作れる。そこが魅力だと山口さんは説く。思えば詩人たちこそ、その達人だろう。中原中也の「ゆあーん　ゆよーん　ゆやゆよん」。サーカス小屋のブランコの揺れが目に浮かぶ。

今夜、虫の音に耳を傾けてみる。今度はどう聞こえるか。いつもの表現を飛び出し、日本語をさらに豊かに。秋の楽しみが、もう一つ増えそうだ。

五感に響く『ぐりとぐら』　10・10

「ぼくらの　なまえは　ぐりとぐら／このよで　いちばん　すきなのは／おりょうりすること　たべること」。２匹の野ねずみが森へ入る場面で始まる絵本『ぐりとぐら』。山場で登場する巨大なカステラに心を奪われた子どもが、どれほどいることだろう。

あの絵を描いた山脇百合子さんが、80歳で亡くなった。文を担当した実姉の中川李枝子さんと名コンビを組んだが、意外にも専門的な絵の勉強はしていない。「絵本作家だなんて言われると、もじもじしちゃう」とインタビューで話している。

大学でフランス語を学び、中世の動物叙事詩を日本に紹介するなど優れた翻訳者でもあった。ロシア革命でフランスへ逃亡する一家を描いた小説の端正な訳からは、戦中に札幌へ疎開した山脇さんの平和への思いがうかがえる。

誠実な人柄は、画家として対象をつぶさに観察する姿勢にも表れた。ぐりとぐらの体のオレンジ色は、国立科学博物館のネズミの標本を見て決めたという。温かみのある絵とリズミカルな文体が魅力の同著は、点訳もされている。点字の文章に加え、絵も透明な凸凹で触ってたどることができる。

ところであのカステラは、絵のように鍋でつくるのは難しい。薄いパンケーキになったり、焦げたりしてしまう。ネットで調べたら「フライパンでつくる『ぐりとぐら』のカステラ」のレシピが多数載っていた。

子どものおやつで、指で触れる点訳で。山脇さんが残した作品は、これからも五感に響き続けるだろう。
＊9月29日死去、80歳

ある国際法学者の思い　10・12

稲刈りを終えた田んぼが並ぶ山形県山辺町を訪ねた。ロシアがウクライナへの「報復」を激化させるなかで、法と秩序を信じた先人の原点に触れるために。

外交官や国際法学者として、戦前の欧州で活躍した安達峰一郎。今も残る茅葺(かやぶ)き屋根の生家に、直筆の短歌が展示されていた。〈故里の春を偲びてなき親の墓を訪ひたく心せかるる〉。案内してくれた郷土史研究会の佐藤継雄さん(88)は「望郷の思いだ。最後の帰国で墓参りの時間もなかったから」と話す。

多忙の理由は、戦前にオランダで設置された常設国際司法裁判所の判事選挙が控えていたためだ。外交官として第1次世界大戦中の欧州を見た安達は、戦争はダメだ、裁判で解決するべきだと信じたという。判事選でトップ当選し、アジア系初の所長に就任した。

初会議で「理念は永遠で、制度は残る。でも人間は変わる」と語り、揺るがぬ強さを求めた。だが、間もなく満州事変が勃発し、日本は国際連盟脱退を通告。安達は体調を崩し、オランダで客死した。「祖国と信念の板挟みになり、無念だったろう」と佐藤さん。

第2次大戦で失敗を重ねた世界は、新たな枠組みの国際連合と裁判所をつくった。それでも戦争はなくならない。ウクライナ危機で国連安保理は機能不全に陥り、国際司法裁が軍事作戦の即時停止を命じてもロシアは従わない。

法も秩序も無視する指導者に、平和を求める道はあるのか。「探し続けよ」という声が蔵王の山並みから聞こえた気がした。

旅行ガイドあれこれ　10・13

外国人による初の本格的な日本の旅行ガイドは約140年前に刊行された。英国外交官アーネスト・サトウの『明治日本旅行案内』に、東京の人力車代が載っている。1里につき8銭、夜間料金は倍額。観光地の歴史も解説され、重宝されただろう。

一般の外国人が日本を自由に旅行できるようになったのは明治の半ばだ。諸外国との条約で鎖国を解いてからも、居留地の約40キロ四方以内に旅行は制限された。段階的に認められたが、「健康保全」などを条件にその都度旅券を発行していた。

コロナ鎖国と言われた水際対策が一昨日、大幅に緩和された。「ついに日本の国境が開いた」と盛り上がる海外の反応で、長さと厳しさを改めて感じた。「ぶつからない大移動」が人気の東京・渋谷のスクランブル交差点には、もう観光客が戻っていた。自撮り棒を持つ手に、旅行ガイドは見当たらない。

観光情報もネットで集める時代だ。わかってはいても、個人旅行歴40年、高校時代から100冊を超える旅行ガイドを読んできた筆者には寂しい光景だった。見知らぬ国を知ろうとページを繰る行為にはロマンがある。

D・アダムスのSF小説『銀河ヒッチハイク・ガイド』は究極の旅行本かもしれない。地球が消滅し、主人公が宇宙を旅する荒唐無稽の物語だ。星々のデータを集めたガイドに書かれた地球の説明は「無害」だけ。

怒る主人公に、宇宙人は「あまり知られていなかった」と弁明する。受け入れ再開で日本は存在感を示せるか。

大人ができること 10・14

「あつかったね。くるしかったね。よくがんばったね。えらいよ。ほんとえらいよ。おりこうさんだよ」。静岡県牧之原市の川崎幼稚園前の献花台に、花束とパンダのメッセージカードが置かれていたという。ずらりと並んだペットボトルから「飲ませてあげたい」という気持ちが伝わってきた。

送迎バスの車内に置き去りにされて亡くなったのは3歳の園児だった。どんなに心細く、混乱したことかと胸が痛い。事件を受けて政府は一昨日、緊急対策をまとめた。子どもを降ろす際などのマニュアルを初めてつくるほか、来春の施行を目指して安全装置の装備を義務づける。

一部の園では、子どもにクラクションを鳴らさせる訓練が行われている。腕力が弱ければおしりで押したり、水筒をあてて体重をかけたりする。想定すること自体がつらいが、万が一のためには必要か。

送迎バスで眠り込んだ子どもが熱中症や低体温症で命を落とす惨事は、タイやカナダなど海外でも多発している。米カリフォルニア州では6年前、死亡事故を機に「子ども安全警報システム」の導入が決まった。

エンジンを切ると警報が鳴るので、運転手は後部座席まで行って止める。車内カメラで外から監視する。GPSでの居場所確認や、動くと知らせるセンサーも。どの国も乗降時の点呼を基本としつつ、装置併用で念を押す。

安全策を講じても、運用する大人が気を緩めれば子どもはなすすべもない。幾重の予防線を張っても、張りすぎることはない。

バルタン星人からの警鐘　10・15

あのバルタン星人に息子がいたことをご存じだろうか。「帰ってきたウルトラマン」に登場するバルタン星人ジュニア。父親の雪辱を果たそうとするが、返り討ちにあってしまう。

宇宙忍者とされる父親は、怪獣界で圧倒的な存在感を誇る人気者。核爆発で故郷を失い、難民として地球にたどりついたとの背景設定も興味深い。息子の知名度が低いのも、偉大なる父親の名前の重さゆえか。

さて、この人はどうだろう。岸田首相が31歳の長男翔太郎氏を首相秘書官にした。適材適所だからとの説明だが、将来、岸田家で4代目の国会議員になるのを見据えた布石らしい。身内びいきの箔(はく)づけ人事だとの批判が相次ぐ。

二世どころか4代も続けば、もはや家業というしかない。特異な秘技を代々伝える伝統芸能でもあるまいし、首相はどこを見て仕事をしているのか。難題山積の政権内に「なぜいまか」との声がでるのも当然だ。

世襲議員のすべてが悪いと言うつもりはない。優秀な人材も多い。だが、衆院議員の4人に1人が世襲というのはさすがに多すぎる。民主主義国家における議会は多様性の受け皿として、広く社会の縮図であるべきだ。

社会学者マックス・ウェーバーは著書『職業としての政治』で「政治家にとって大切なのは将来と将来に対する責任である」と説いた。首相は肝に銘じてほしい。バルタン星人も、注意喚起で4を強調してくれているのかもしれない。ああ、あの声が聞こえてくる。フォーフォーフォーフォー。

注文に時間はかかっても　10・16

20歳のわたしへ。あなたはカフェの店員さんになる夢をかなえていますか——。実家の机のなかで見つけたメモにはそう書かれていた。小学生だった自分の鉛筆の文字。奥村安莉沙（ありさ）さん(30)は夢を忘れていた自分に気づいたという。

話し方が周りと違うと知ったのは小学3年のとき。仲のよかった同級生に言われた。「お母さんが、安莉沙ちゃんと遊ぶと話し方がうつるかもって」。授業参観で教科書を読む声がどもっていたかららしい。中学生までいじめが続いた。

吃音（きつおん）は言葉がなめらかに出ない発話障害。もちろん、うつることなどない。100人に1人ほどいると言われ、バイデン米大統領ら多くの著名人も自ら苦しんだ経験を語っている。

奥村さんも自信がもてず悩み続けたそうだ。でも、小学時代のメモに背中を押され、昨夏、夢に向けた「注文に時間がかかるカフェ」の活動を始めた。もっと吃音のことを知ってほしいとの思いもこめた。仲間とともに各地で短期の開催を繰り返している。

先日、神戸で開かれた仮設テントの店を訪ねた。「あっあっあの」。リズムをとるように若者数人が交代で飲み物の注文をとっていた。言葉が出ず、つらいのかとも思ったが、表情は明るい。「楽し、かった」。絞り出すように、大事に、ためた言葉が放たれるときの力に圧倒された。

小学生の自分に会ったら、どうしますか。「大人になるのが不安な子だったから伝えたい。安心して。夢は達成したよって」。奥村さんはそう言った。

魯山人のゴリ茶漬け　10・17

「身は短小なれど非常に美味(うま)い」。美食家の北大路魯山人は京都などでゴリと呼ばれる川魚を好んだ。つくだ煮にした10匹ばかりを熱いご飯にのせて茶をかける。ゴリの茶漬けは「天下一品のぜいたく」「茶漬けの王者」と評した。

ゴリとはハゼに似た魚。吸盤のような腹びれで、川底の石にくっついているのが特徴だとか。ワラ束でごりごりと押し、吸盤をはがして捕る漁はゴリ押し漁と言われる。無理強いを意味する「ごり押し」の語源になったとの説もあるそうだ。

政府が健康保険証を再来年の秋に廃止すると発表した。マイナンバーカードと一体化した「マイナ保険証」に切り替えるという。カードの取得は任意のはずなのに、これでは事実上の強制だ。こちらもごりごりといった音が聞こえてきそうである。

全国民が今年度中にカードをもつことを政府は目標に掲げる。巨額の予算を投じ、ポイント付与などで取得を促してきた。しかし、普及率は5割という不人気さ。国民の納得を得られていないのに、目標に固執する理由は何なのか。

カードをつくった人からも、使い勝手の悪さをよく聞く。暗証番号を続けて間違えた30代の知人は「解除手続きに半日かかった」とぼやいていた。個人情報の管理への不安も根強い。政府の言うデジタル化の便利さを、多くの人は実感できていない。

魯山人をまね、ゴリのつくだ煮を買ってきて茶漬けで食べた。苦みと甘みが口中に広がる。うむ。ごり押しはゴリ漁だけにしてもらいたい。

廃虚の寺を前にして　10・18

緑の木々に覆われた深い山あいにその寺はあった。水戸市から車で北に1時間。茨城県大子町の本覚寺を訪ねた。お堂の白壁がはがれ落ち、長くひとの手が入っていないことが一目で分かる。瓦屋根はぐにゃりとたわんでいた。

寺ができたのは１９８０年代だった。「水子の霊がついている」と言って信者を増やし、「霊視商法」と呼ばれる悪質な手口で莫大（ばくだい）な金を集めた。訴訟が相次ぐと、和歌山県にあった寺を買収して看板をすげ替える。それが２００２年に違法行為で解散を命じられた明覚寺である。

全国には18万の宗教法人があるが、法令違反での解散命令は2例だけ。オウム真理教とこの明覚寺だ。世界平和統一家庭連合（旧統一教会）はそれに続く3例目となるのだろうか。きのうようやく、岸田首相が宗教法人法に基づく調査を始める考えを示した。

権力が宗教に介入することは常に慎重に議論されるべきだろう。だが、あまりにも多くの苦しみと悲しみが私たちの目の前にある。教団は訴えに向き合っているように見えない。

先日開かれた元2世信者の女性の記者会見では、彼女を中傷するファクスを送りつけ、会見中止を求めた。何とも異様である。「どうかこの団体を解散させてください」。女性の涙ながらの訴えに、心が揺さぶられた。

旧統一教会と明覚寺への政府の対応をここまで隔ててきたのは何だったのか。廃虚となった寺の前で考える。キューン。獣か鳥か。不気味な鳴き声が、誰もいない山中に響いた。

三人四脚の旅路　10・19

生まれてきた息子に、丈夫に育ってほしいという願いを込めて両親は「剛丈（よしひろ）」と名付けた。友人を6、7人も家に招くような陽気な青年に育ち、16歳で米国へ留学に旅立った。日曜の午後だったと父親の政一（まさいち）さんは記憶している。電話が鳴った。「剛丈さんがシャサツされました」。聞き慣れぬ響きが「射殺」を意味するとわかるまで、一瞬あったという。

名古屋市の服部剛丈さんが米ルイジアナ州で撃たれて亡くなって、きのうで30年がたつ。パーティー会場と間違えて、ハロウィーンの仮装をして民家を訪ねた夜だった。ごく身近に銃があった。政一さんと妻の美恵子さんは二人三脚で銃社会の見直しを米国に求めてきた。

政一さんはいま75歳。体力も落ち、運動にいったん区切りをつけると聞き、ご自宅を訪ねた。その日、米国では15歳の少年による乱射事件があり、5人が死亡した。法規制で一歩進んだと思えば、後ろに引き戻される。なんとやるせない歳月だったか。

だが政一さんは「世界は変えられる」と揺るぎなかった。「待っていても何も変わらない。でも、自分で一歩を踏み出せば風景は変わる。この世代で到達できなくても、次の世代がいますよ」。未来への希望を感じた。

その強さはどこから来るのか。答えの一つを過去のインタビューに見つけた。「自分が運動しているより、天国の息子がする運動に体を貸して手伝っている感覚」と語っている。二人三脚ではなかった。三人四脚の旅路に深くこうべを垂れる。

新聞配達と短歌　10・20

こちらの商売柄もあるのだろう。麻生孝さんのお名前を朝日歌壇で見かけると、つい吸い寄せられる。新聞配達をされているからだ。9日に掲載された一首はこうだった。〈十五夜の月を見上げる午前四時バイクを降りて手を合わせおり〉。

南アルプスを遠望する山梨県甲州市で、170部ほどを毎朝配っている。目覚まし2個で午前0時45分に起き、新聞を積み、懐中電灯を首からぶら下げて暗い道を縫う。

顔を知らない配達先も少なくない。でも昨年、こんなことがあった。雪が10センチほど積もった朝。バイクを降りて坂道を駆け上がらねばならないし、新聞をぬらしてもいけない。苦労していた先のある一軒で手がとまった。〈雪の朝コロナ禍の今ありがとう　新聞受けのメッセージに泣く〉。

悪天候のなか新聞を配る。そういう方々にわが業界は支えられていることを、忘れてはならない。そして配達を待つ人がいる。旧い世代に属する当方も、インクの匂いのかすかに漂う紙面を愛する一人だ。

とはいえ、いまや多くの人がネット経由でニュースを読んでいる。大切なのは、紙だろうとネットだろうと変わらない。時代に迎合せず、なおかつ読者の期待に応えることであろう。

第75回新聞大会が先日あった。平和と民主主義を守るために「ジャーナリズムの責務を果たす」との決議がなされた。一端を担う者として、かみしめたい。〈きょうも雨あしたも雨で雨合羽乾く間もなく新聞配る〉。労苦に見合う言論を、と心にとめる。

キューバ危機から60年　10・21

ソ連の潜水艦長は戦争が始まったと思い込んだ。1962年のキューバ危機である。米国ののど元にソ連はひそかに核ミサイルを運び込んだ。キューバ近海を封鎖した米国は、辺りにいた潜水艦に「浮上せよ」と警告する訓練用爆雷を落とした。

轟音の中で艦長はまいっていた。頭上を敵艦隊に覆われ、モスクワとの交信も途絶え、ついに核魚雷の発射準備を叫ぶ。「われわれは死ぬだろう、だがやつらを残らず沈めてやる」(マーティン・シャーウィン著『キューバ・ミサイル危機』)。

やや大げさにいえば、人類史がいまも続いているのは、艦にアルヒーポフという大佐が乗り合わせていたからだ。発射に反対し、艦長を説き伏せて艦を浮上させた。

一連の出来事はちょうど60年前。米国がミサイルを確認した10月16日からの13日間は核戦争の瀬戸際だったと言われる。それ以来の脅威だという。ロシアのプーチン大統領が核兵器の使用をちらつかせている。

万が一にもないと信じたい。ただ60年前の出来事が伝えるのは、核のボタンを持つ人間がやけっぱちになる恐ろしさだ。ウクライナ戦線でロシアの劣勢が伝わる。想定外が続くプーチン氏は、どんな心境なのか。

キューバ危機を乗り越えたソ連の首相はフルシチョフ氏だった。「核兵器に近づける人間の一人が平常心を失うかもしれず、するとわれわれ全員を戦争に引きずり込むことがありうる」と語ったという。プーチン氏がその一人にならぬことを祈るばかりである。

イギリス人のユーモア　10・22

英国はユーモアの国である。首相だったチャーチルが首脳会談のため、米国を訪れた時だ。風呂上がりにバスタオル1枚で秘書に口述筆記させていると、はらりとタオルが落ちた。そこへルーズベルト大統領が来る。「ご覧ください、大統領。あなたに隠すようなことはありません」

第2次世界大戦で英国を勝利に導いた老宰相は、政治家の素質とは、と問われたことがある。明日、来週、来月、来年に何が起こるかを予言できねばならない、と答えた後で「そして、後でどうしてそれが起こらなかったかを説明できねばならない」。葉巻をくわえ、にやりとする顔が目に浮かぶ。

就任からわずか1カ月余り。この人は、こうなると予言できていただろうか。英国のトラス首相が、経済政策をめぐる混乱の責任をとって辞任を表明した。史上最短の政権になるという。

首相の顔がころころと変わるのには、わが日本で慣れたつもりでいたが、さすがに驚いた。「英国を再び偉大に」と、さっそうと登場したものの、バラマキ減税に市場は動揺。通貨は急落し、閣僚も離れ、政策をほぼ丸ごと撤回するはめになった。

首相が退場しても、国民は生活という舞台から降りられない。高騰する電気・ガス代などをどうするか。冬の足音が聞こえる中、急務だろう。

後任を決める保守党の党首選には、不祥事で9月に辞任したばかりのジョンソン前首相の名も取りざたされているという。まさか。一流のブラックユーモアとして受け止めておく。

チーちゃんの中国 10・23

子供心に中国を初めて意識したのは1970年代半ば、小学生のころだ。絵本を卒業して児童本を読み始めた時期に、『タオ・チーの夏休み日記』(倉石武四郎訳)と出会った。少女チーちゃんが1953年の夏につけた日記の形で物語は進む。

いたずらっ子や優等生、金持ち一家などが登場し、群像劇のようで面白かった。酸梅湯とはどんな飲み物なのか、おばあさんが感謝する「マオ主席」とは誰か、と思いをはせた。いま読み返すと、毛沢東が中華人民共和国の成立を宣言してからまだ4年の「若い中国」だとわかる。

きのう、中国共産党大会が閉幕した。3期目続投が確実の習近平(シーチンピン)総書記は、チーちゃんが日記をつづった53年の生まれで、第5世代の指導者だ。経済成長で存在感を高めた中国は、いまや米国と対峙（たいじ）する大国になった。

権力集中に力を入れ、党大会で「核心的地位」を確立した習氏の体制は「毛沢東期の再来か」とも言われる。建国の英雄だった毛は権力闘争のなかで個人独裁に走り、文化大革命の混乱を招いた。

日記の著者の謝冰心（シエビンシン）（1900～99）も文革で地方へ下放され、労働させられた。中国を代表する女性作家の一人で、児童文学でも礎を築いた。日本と縁があり、戦後の46年から5年ほど東京に暮らして東大講師も務めた。

謝が描いた世界でひかれたのは、懸命に支え合いつつ夢を語り合う純粋な市民らの姿だった。指導者への忠誠を競い合うような今の状況をチーちゃんが見たら、どう思うだろう。

ローマ進軍から100年　10・24

1922年10月24日。ファシスト党大会で訪れたイタリア南部ナポリの広場で、ムソリーニが群衆に問いかけた。「彼等（かれら）が政権を我々に与えるか、さもなければ我々が実力でローマを襲い、政権を奪取するか」（藤沢道郎『ファシズムの誕生』）。

黒シャツを着た何万人もの支持者らが「ローマへ！」と絶叫して、歴史は動き始める。数日後、勢いに乗った民兵組織の黒シャツ部隊が首都ローマに入った。この「ローマ進軍」で世界初のファシスト政権が誕生し、ムソリーニは20年以上も独裁者として君臨する。

あれから100年がたつイタリアで、新たな内閣が発足する。メローニ首相が党首の「イタリアの同胞」は、ムソリーニの精神を受け継いだ政党だ。「ファシズムからの決別」を公言しても、懸念は残る。

ファシズムの正体はつかみにくい。語源は束や集団を意味するが、一党独裁や全体主義では定義しきれない。作家ウンベルト・エーコはかつて、警告した。ナチズムは一つしか存在しなかったが、ファシズムはあいまいな分、常に新たな形で現れる恐れがあると。

イタリアの終戦にあたる日には毎年、SNSなどで宮崎駿監督のアニメ映画『紅の豚』の台詞が盛んに引用される。「ファシストになるより豚のほうがマシさ」。主人公ポルコ・ロッソの言葉だ。

恐ろしいことをしでかす人間に戻ったら、何をするかわからない。戦後、ムソリーニ時代の反省から再出発した人々にとって、ポルコの台詞には特別な重みがある。

甘い忘却　10・25

暗い過去を忘れようとする姿にはどこか悲壮感が漂う。シェークスピアの悲劇『マクベス』（松岡和子訳）で、罪悪感から心を病んだ夫人をマクベスが案じる場面がある。「忘却のための甘美な解毒剤」で、罪の記憶を「胸から洗い流す」ことはできないか。問われた医者は何もできない。

ところが、「甘い解毒剤」を飲むように記憶を消せる達人がいた。きのう経済再生相を辞任した山際大志郎氏である。世界平和統一家庭連合（旧統一教会）との関わりについての記憶を問われるたび、「ありません」「ちょっとおぼつかない」とはぐらかした。

証拠を突きつけられ、記憶が突然戻ったこともある。教団トップとの写真が出ると「どこかでお会いした記憶があった。この時だったんだと」。忘れた記憶を都合良く思い出すとは、マクベス夫人もびっくりではないか。

揚げ句は「これから何か新しい事実が出てくる可能性がある」と自ら予告までした。きのうの衆院予算委員会では「覚えてないのか」と問われ、「定かではありません」と新たなパターンで答えていた。

山際大臣をもじって「瀬戸際大臣」と揶揄(やゆ)され、「一発アウト」と言われながらも2カ月以上踏ん張った。各閣僚らが個別に説明を、としてきた岸田文雄首相も、ついに堪忍袋の緒が切れたか。

マクベスにはこんなせりふもある。「人生はたかが歩く影、哀れな役者だ」。巧みに演じたつもりでいても、終われば何も残らない。そんなはかなさも感じた幕切れだった。

「お金ない」の空耳　10・26

小ぶりのサンマが1匹３５０円。梨が1個４００円。新米も鍋料理の食材も、軒並み値上がりしている。そんな時に財布の中身を案じつつＡＴＭへ行き、流れてきたメロディーが「お金ないでしょ～」に聞こえたとしたら。

ツイッターで投稿された「空耳」を考慮して、セブン銀行が先月、コンビニなどに設置しているＡＴＭの効果音を変えた。「明るい気持ちでご利用していただけるよう」にと判断したという。

物価高に苦しむ消費者への配慮かと、ＳＮＳでは驚きの声が広がった。

そもそも歌詞のないメロディーで、言葉が聞こえることがあるのか。半信半疑で元の効果音を聞いてみた。あれ、確かに「お金ないでしょ」と言っているような。不思議な錯覚について、音響心理学に詳しい日大の岩宮眞一郎特任教授に聞いた。

「脳の働きは複雑で、空耳と正しい知覚は紙一重。このケースでは、最初に気づいた人と後の人で、音声認識の処理に違いがあるのではないか」という。メロディーだけで言葉が思い浮かんだのは脳が本能的に音の特徴を捉えたもので、ボトムアップ系と呼ぶ。かなり珍しいが、たまたまぴたっとはまったとみられる。

一方で、投稿を見て「私にもそう聞こえた」という人は、予測に基づいたトップダウン系と呼ぶそうだ。これには「お金がない不安」のような心理的な影響も含まれるとか。

先月の消費者物価指数は、食料で41年ぶりの上げ幅だった。心は乱れ、食欲も失せるような円安と値上げの秋である。

あかさたな話法　10・27

最初に届いたのは「へ・つ・た」の3文字だった。突然の医療ミスで身体と言葉の自由を失った14歳の息子に対し、母親は何とか50音での意思疎通をとろうとした。1時間以上かけて、「へ・つ・た」が「へった」を意味し、息子が「おなかすいた」と言いたいのだと分かった時、親子は通じあったうれしさで一緒に泣いたという。

今夏の参院選で初当選した天畠(てんばた)大輔さん(40)が先週、国会で質問をした。車いすで4人に介助されての登場だ。発言には、母親が50音からつくった「あかさたな話法」が使われた。

通訳者が「あ、か、さ」と語りかけると「た」で右腕がかすかに動く。続けて「た、ち、つ、て」の語りにまた腕が揺れた。これで発したい字が「て」と分かる。て、ん……。時間はかかっても天畠さんは名乗るところから話を始めた。

「私は、自分の意思を無視される経験を嫌というほどしてきました。言葉を奪われてきた人たちの思いを背負って、国会から見えにくい差別をなくしていきたい」。砂をかむような言葉がとび交う議場に、ぽっと色みがついた気がした。

障害者の当選を受け、国や地方の議会で手探りが続く。議案書を点訳したり、音声作成ソフトの質問を認めたり。質疑時間を長くすべきかとの議論もある。

障害がある議員の発言の権利をいかに守るか。「多様な背景を持った人が議会にいることが大切」(全盲の市議)といった言葉にうなずきながら、誰もが当たり前に政治に参加できる社会を夢想する。

パンダ初来日から50年　10・28

おはようございます。僕は、パンダです。いまからちょうど50年前、大先輩であるカンカンとランランが初めて日本に来ました。きょうはそんな特別な日なので天声人語も僕が書きます。

年配の読者の方は、あの熱狂的なブームを覚えていると思います。日本と中国は1972年、国交正常化しました。中国からパンダが贈られたのは、その友好関係の証しでした。

著書『中国パンダ外交史』がある東京女子大学准教授の家永真幸さん(40)に聞くと、「パンダは中国人が国際社会に見せたい自己イメージ」なのだとか。僕が言うのも変ですが、かわいくて、誰からも愛される存在でありたい、との願望がパンダ外交にはこめられているのでしょう。

ほかの国に対しても「中国は一番喜ばれるタイミングで、相手を選んでパンダを送っています」と家永さん。ただ、最近の中国のこわもてぶりを見ると、ちょっと心配です。これではいくら僕らががんばっても中国の印象をよくするのは難しいかも。

なぜ人間はけんかばかりなのですか。肉食獣だった僕らの祖先は竹を食べるのに適応し、敵の少ない山奥の暮らしを選びました。知恵を絞って共存を目指した方がいいのでは。

きのう上野の街を歩きました。来日半世紀を記念した、僕たちのイラストやおもちゃを見て胸が熱くなりました。シンシン親子は気持ちよさそうに昼寝をしていました。これからの50年も一緒にゴロゴロ、のんびりできたらいいなあ。平和で、ありますように。再見。

1本の吸い殻　10・29

殺人の現場には3本の外国製タバコの吸い殻が残り、うち2本には口紅がついていた——。無頼派として知られる昭和の作家、坂口安吾の小説『投手殺人事件』は、京都府警の敏腕刑事が吸い殻を手がかりにして、プロ野球選手を殺した犯人を捜す話だ。

「あなたはタバコを吸いましたね」「もちろん。私はタバコなしに10分間空気を吸っていられませんよ」。煙山、一服、モク介といった安吾らしい機知に富んだ名前の登場人物を相手に、刑事は真面目に聞き込みを進めていく。

9年前に京都市で起きた「餃子(ギョーザ)の王将」社長射殺事件で、服役中の暴力団幹部が逮捕された。小説で書かれた3本のタバコどころか、たった1本が捜査を大きく動かしたようだ。現場近くに残された吸い殻のDNA型鑑定が決め手となったという。

事件直後に取材した同僚記者によると、吸い殻があったのは倉庫のわきの暗い通路。京都府警は周辺で見つけた複数の吸い殻を鑑定し、喫煙した人物を一人ずつ特定していった。不明のままの1本が逮捕につながったそうだ。

迷宮入りとも言われた未解決事件だっただけに、執念の捜査を感じる。ただ、ナゾはまだ多い。計画的な犯行とみられるのに、なぜ吸い殻を残すようなことをしたのか。そもそも動機は何なのか。

逮捕された幹部が属する暴力団が、これまで市民を巻き込んだ多くの凶悪事件を起こしてきた事実も頭をよぎる。被害者の無念を晴らすためにも、真実を覆う煙は一掃されなければならない。

コッソリ読みのすすめ　10・30

書店のレジで、カバーをかけますか、と尋ねられる。はいと答える。自分が選んだ本の表紙が覆われて、題名が見えなくなる。その瞬間が私は好きだ。ちょっとした秘め事ができたような不思議な気分になる。

かつて社会学者の清水幾太郎が、電車のなかで他の人が持つ本の題名が目に入ると「見てはならぬものを見た」ようで恥ずかしくなると書いていた（『日本語の技術』）。反対に、自分の本を他者に知られるのは「心の内側を覗かれたような」気持ちだとも。

本の著者と自分の心が「本当に嚙み合う」ということは「秘密の事柄のような気がする」。それは「コッソリとやる」のが当然ではないか、と清水は記した。読書とは、時空を超え、他者と離れ、自分だけのひそかな通信を著者と交わす行為なのだろう。

今年も読書週間が始まった。毎年の学校読書調査によると、小中学生の読む本の数は30年前に比べ倍増の勢いという。活字離れが言われるなか、少し意外だったが、朝読書の時間を設ける学校が出ているのが影響しているらしい。

教室で、みんなで一緒に本を読むのは楽しいだろう。でも、コッソリ読みもおすすめしたい。紙の本でも電子書籍でも。電車でも学校でも。清水が感じた恥ずかしさは、世代を超えて共感できるものと思うから。

読み終わった本はカバーをはずし、自宅の本棚にならべる。自分はあとどれだけの本に出会えるのか。「秘密の事柄」をいくつ重ねられるのか。秋晴れの広がる週末に一人思う。

ハロウィーンの悲劇　10・31

悲鳴の中、群衆が波となって揺れた。1度、2度……。4歳の娘を抱いていた女性が証言している。「左右に押されて、娘は何度も白目をむき、気を失った。倒れた人に片足を抱きつかれ、踏んでしまった。そうしなければ立っていられなかった」

2001年、死傷者258人を出した兵庫県明石市の花火大会である。会場へ向かう人と帰る人が歩道橋でぶつかった。人の固まりが雪崩をうった時に何が起きるか。証言は恐ろしさを伝えている。韓国・ソウルも同じような状況だったのだろうか。

繁華街での事故は、日本人も含めて、死者だけで150人を超える惨事になった。直前の映像を見れば、狭い道に若者がすし詰めになっている。仮装姿が交じるのは、コロナ禍を経て久々にハロウィーンを楽しむはずだったのだろう。事故後の路上にカボチャのお化けの飾りが潰れていた。

混雑を避ける日々を送り、これからようやくという時に、雑踏事故に巻き込まれるとは。命が何ものの沙汰かは分からぬが、あまりに意地が悪すぎる。

対岸の火事ではあるまい。週末の東京・渋谷駅前も、一足先に仮装で繰り出す人らでにぎわった。ＤＪポリスが「交差点内で立ち止まらないで」と声をからし、規制ロープを持った警察官が走り回る。いったん度を越せば、群衆は巨大な生物のように統制できなくなる。

ハロウィーンはきょうが当日である。カボチャのお化けは笑顔が似合う。押し潰されて泣いているような光景は、もう見たくない。

2022

11
月

民主主義の死に方　11・1

トランプ前米大統領という巨大なふいごが、陰謀論の火をあおり続けた結果だろう。ペロシ下院議長の自宅を襲った男のことだ。２０２０年にあった大統領選は「盗まれた」。そう主張する動画をＳＮＳで拡散していた。

共和党支持者の3分の2は、バイデン氏が不正に大統領の座についたと、いまでも信じているそうだ。いつかは消えると思っていた火は燃え続け、それどころか周辺でも新たに煙があがる。

きのう大統領選が開票されたブラジルである。

敗れた現職のボルソナーロ氏は「ブラジルのトランプ」の異名を持ち、選挙は不正だと根拠もなく繰り返してきた。支持者らは、対立する陣営との間で銃やナイフで殺しあうまでに至っていた。敗北を認めるのか。開票当日、本人は不気味に黙っていた。

どんなにうまく制度をつくっても、それだけでは民主主義は守れない。法律には書かれない常識や礼節を守ろうとすることが必要だ、と米ハーバード大のレビッキー教授らは説く（『民主主義の死に方』）。極端な主張がはびこれば、政治への信頼が失われるからだ。

守るべき例の一つに「選挙結果を受け入れる」ことを挙げている。最後は潔く負けを認めよ、ということだろう。だが、なんと当たり前のことを説かねばならぬ時代なのか。

苦々しい思いで、政治家に求められる他の例を本の中に探した。うそをつかない／公私を区別する／権力を慎重に使う……。いや、ひとさまの国を憂えている場合ではないのかもしれない。

年賀はがき発売　11・2

小渕恵三官房長官がおもむろに額を掲げた。「新しい元号は『平成』であります」。1989年1月の光景だ。墨書をしたためた元総理府の職員を訪ねたことがある。

書家でもある河東(かとう)純一さん。若い頃は、手本を見ながら同じ文字を一晩中練習したそうだ。明け方には、書き終えた半紙が太ももの高さまで積み上がる。技法の練熟の末に個性は生まれる、が師匠の口癖だった。

河東さんは、役所が掲げる看板の文字はしっかりしたものを、と語っていた。思いはかなっているだろうか。2014年に「内閣人事局」が発足した時は、看板の独特の筆づかいが話題になった。「スポーツ庁」や大阪府市の「万博推進局」なども達筆とは言い難い。

とはいえ、筆者たちには大いに同情申し上げる。スマホの操作には習熟しても、手書きの機会は減るばかりだ。あれは筆を苦手とする人が本人なりに苦心した結果ではあるまいか。当方にも心当たりがある。

冠婚葬祭の芳名帳に丁寧に記したはずのわが名は、子どもが書いたようにしか見えない。取材先で相手の早口にあせると、ノートに記した「た」「な」「る」は混然一体となり、「たえる」が「なえた」に化けたりする。

年賀はがきの販売が、きのう全国で始まった。宛先などは印刷で済ませても、少しは自筆で近況を書き添えて、という方も少なくなかろう。確かに思いは伝わる。でも――。年末まであと2カ月。書店に並ぶ「30日できれいな字」といったタイトルが、輝いて見える。

首里城の起工式　11・3

「風を呼びゴウゴウと唸る逆巻く紅蓮の炎は、天に冲している（略）ああ、国宝、私たちの誇り、沖縄の象徴たる唐破風が燃えて行く」。首里城である。１９４５年、沖縄戦でのさまを学徒兵だった渡久山朝章さんが目撃した（『南の巌の果まで』）。

まさか、同じような光景をこの目で見ようとは。3年前だ。かつての赴任中に見慣れたシルエットが、火の粉を吹き上げて崩れる。言葉を失った。涙を浮かべ焼け跡を見つめる女性の映像が記憶に濃い。失って初めて、存在が自分の中に根付いていたと気づいた。そんな地元の声もあった。

きょう、正殿復元の起工式が現地でおこなわれる。梁（はり）にする長さ9メートルの材木を街中で引きまわし、歌や踊りで盛大に祝う。あの泣き顔も、笑顔に戻ると信じたい。

かつて琉球王国は、中国や東南アジアとの貿易で栄えた。工芸技術の粋をつくした正殿は「巨大な琉球漆器」と称された。焼失前の首里城は、沖縄にとって、独自の歴史と文化の象徴であったのだ。

同時に、日本が多様で豊かな水脈から成り立つことを教えてくれる存在でもあったように思う。それゆえだろう。全国から4千人以上のボランティアが集まったと聞く。貴重な赤瓦を再利用するために、焼き付いたすすを払う。小さな思いが積み重なった。

首里の丘に立てば、慶良間（けらま）の島影をいだいた海から、柔らかな風が吹いてくる。突き抜ける青い空。その下にたたずむ鮮やかな朱（あか）い姿。「私たちの誇り」を見られる日が待ち遠しい。

マスク氏の採用面接　11・4

米ツイッター社を買収した起業家のイーロン・マスク氏(51)が、自社の採用面接で好んで尋ねた質問がある。「今、君は地球上に立っている。南に1マイル歩き、次に西に1マイル、さらに北に1マイル歩いたら最初の地点に戻っていた。さて君はどこにいるのだろうか」（アシュリー・バンス『イーロン・マスク』）。

エンジニアのほとんどは、「北極点」と答えられる。すると、「ほかには？」とたたみかけて反応を見た。正解より、「一生懸命で負けず嫌いで精力的な人間か」を見極めたかったらしい。

電気自動車や宇宙ビジネスなどの斬新な事業を成功させてきたマスク氏は、不思議な人物だ。エンジニアで空想家。世界一の富豪とされるが、無謀なほど強気な投資で時に資金繰りに苦しむ。炎上しても挑発的な発言を止めない。

「言論の自由の絶対主義者」と自称し、ヘイトスピーチ対策などで投稿内容を監視するツイッターに不満があった。6・5兆円で買収すると全取締役9人を事実上解任し、自ら最高経営責任者に就任した。

心配なのは、トランプ前米大統領のアカウント問題だ。支持者による連邦議会議事堂の襲撃事件後に永久停止されたが、復活すれば、それを機にSNS上で差別や暴力をあおる発言が野放しになる恐れがある。実際、許容範囲を試すような投稿が急増している。

社員への過大な要求などで離職率が高いというマスク氏の企業だが、門をたたく若者は後を絶たない。望む人材を得て、独自の解を示せるだろうか。

悲しい警報音　11・5

『枕草子』には横笛の繊細な音色を描写したくだりがある。「遠うより聞ゆるが、やうやう近うなりゆくもをかし。近かりつるがはるかになりて、いとほのかに聞ゆるもいとをかし」。距離によって響きを変える優雅な音が聞こえるようだ。

この対極にあるのが、地震や津波などの災害時に鳴る警報音だろう。最近では、北朝鮮による相次ぐ弾道ミサイルの発射で、全国瞬時警報システム（Jアラート）の発出が6回目になった。消防庁のサイトで試聴すると、不気味な不協和音だった。

住民の危機感を高めて避難を呼びかけるのが目的である以上、「嫌な音」でかつ遠くまで聞こえる必要がある。わかっていても、聞くと怖い。過去の記憶と重なり、警報音がトラウマになることもある。

インドネシアで2012年に起きた地震と津波では、震源に近い州でサイレンが鳴らず、問題になった。実は、訓練などで鳴らすたびに多数の住民がパニックに陥って倒れたため、電源を切っていた。その8年前の大津波では十数万人の犠牲者が出ており、記憶が生々しかったからだ。州職員の若者に取材すると、地震後すぐに海岸へ走って電源を入れようとしたが、避難する人の流れに逆らえなかったという。「警報音で悪夢がよみがえる人もいる」と訴えた。

聞きたくないが、鳴らさねばならない。何度も鳴ると、慣れてしまうこともある。戦禍のウクライナで、「空襲警報に慣れた」と話す住民たちの姿は悲しい。つらい宿命を負う音である。

「馬とスズメ」の幻想　11・6

「トリクルダウン」などと聞こえの良い呼び方をするから、いつまでも生き残るのではないか。富裕層や大企業が豊かになれば中間層以下にも効果が滴り落ちるという経済理論である。無理筋だと言われつつ、亡霊のように現れては消える。

日本では、アベノミクスをめぐる議論で語られた。終わったものと思ったら、英国のトラス前首相の大型減税策でまたもや出現した。案の定、世論は「金持ち優遇だ」と猛反発。金融市場が混乱した結果、史上最速で首相の座を失った。

古くからあるこの理論が最も注目されたのは、サッチャー英政権が新自由主義や「小さな政府」を目指した1980年代だ。そのころ英国の大学で経済学を学んでいた私は、「馬とスズメ理論」だと習った。講師は「馬に麦をたっぷり与えれば、その排泄物でスズメがおこぼれにあずかるという考え方」と説明した。

トリクルダウンの名が広がったころ、もしやあの講師だけが下品だったのかと気になって調べたら、米経済学者のガルブレイス氏が言及していた。貧困層に非情な理論で、「常に軽い嘲笑で迎えられた」と書いた。

サッチャー氏は、最後の党首討論で「貧富の差が広がった」と追及され、こう言い返した。「金持ちが貧しくなりさえすれば、貧乏人がもっと貧しくなってもいいのか」。富は滴るとの主張は曲げなかった。

グラスからあふれるワイン、流れ落ちる泉、そして馬とスズメ。長く想像力をかきたててきた理論も、ついに年貢の納め時か。

ジェンダーと流行語大賞　11・7

「インティマシー・コーディネーター」という言葉が、今年の新語・流行語大賞の候補になった。ヌードや性的なシーンを安心して撮影できるよう俳優側と制作側の意向を確認し、橋渡しをする専門職を指す。

注目された背景には、日本の映画界などで性暴力やハラスメントの告発が相次ぐ問題がある。ハリウッドを発端とした「#ＭｅＴｏｏ」運動は欧米で5年前に始まり、この役割の導入も進む。だが、日本ではまだ始まったばかりだ。

ジェンダーに関する言葉が社会に根付くまでには、痛みや怒りを伴うことが多い。同賞で歴代候補をみると、「セクシャル・ハラスメント」（１９８９年）は、男女雇用機会均等法が施行された3年後。様々な職場で女性が増え、性的嫌がらせが表面化した。

「マタハラ」（２０１４年）は、この年に最高裁が示した判断が大きい。妊娠・出産を理由にした降格が「原則違法」とされた際に、原告女性は「安心して子を宿し、産める」ことを求めた。

「ジェンダー平等」が選ばれた昨年は、東京五輪組織委員会の会長だった森喜朗氏が女性蔑視の発言で怒りを買い、辞任に追い込まれた。

問題が共有されるまで声を上げ続けるのは、並大抵のことではない。誹謗(ひぼう)中傷もあったはずだ。その勇気と忍耐に心から敬意を表したい。

本当は、こんな言葉を使わない社会になってほしい。それでも、現状を変えるには一歩ずつ進むしかないだろう。報じる側として、大切な言葉のバトンをつなげていきたい。

11月の霧　11・8

11月の霧は、かつてロンドン名物だった。19世紀の英作家ディケンズは長編小説『荒涼館』の冒頭で、一つの段落に「霧」を13回も連発した。テムズ川の上流と下流に霧。沼地や高原も霧。石炭船や大型船に入り込む霧。人々は「霧に包まれ、気球に乗って雲の中にいるようだ」と。

この霧の正体は、自然現象だけではない。産業革命時代に石炭で発生した酸性霧や、家々の煙突から出る煙が混じった大気汚染だ。１９５２年末には深刻なスモッグで死者が例年より４千人増えたとされる。

そんな「汚れた霧」が復活しないだろうか。ロシアのウクライナ侵攻に伴うエネルギー危機で、脱炭素の流れに逆行する動きがあるという。エジプトで始まった気候変動対策の国際会議（COP27）に、燃料価格の高騰が影を落としている。

昨年の会議では産業革命前からの気温上昇を1・5度に抑える目標を確認し、石炭火力の段階的削減も打ち出された。だが、石炭火力の再稼働を決めたドイツのほか、オランダやイタリアなど安価な石炭の再活用を検討する国々が欧州で相次ぐ。

危機をしのぐための一時措置でも、長期的にはクリーンエネルギーへ移行しなければ事態は悪化する。70年前に悲劇が起きたロンドンでは、大気清浄法の制定で自然の霧が戻った。〈秋霧のしづく落して晴れにけり〉前田普羅。戦争が今、世界中に重い難問を突きつけている。立ちこめた霧が消えて晴れるように、大勢で知恵を出し合い乗り越えられることを願う。

停電の街に迫る冬　11・9

どんよりとした鉛色に空は広く覆われている。停電の相次ぐ街に、シトシトと降り続く冷たい小雨。「重たい暗さを感じます」。ウクライナで取材をしている本紙の喜田尚記者の電話の声は沈んで聞こえた。

ロシアがエネルギー施設への集中攻撃を始めたのは先月。450万もの人が電力を使えない状態だという。上下水道がとまる可能性も指摘される。零下の真冬に電気も水も暖房もなくなればどうなるのか。「恐ろしい」との住民の一言が胸を打つ。

歴史を振り返れば、ロシアの軍は冬将軍をうまく利用してきた。19世紀、モスクワを攻めた仏軍は退却の際に飢寒で壊滅した。「寒さにやられ、歩みを止めるや、衰弱や身体の麻痺(まひ)でそのまま崩折(くずお)れてゆく兵士が続出した」。ナポレオンの側近だったコレンクールは回想録『ナポレオンロシア大遠征軍潰走(かいそう)の記』に書く。

プーチン大統領にとっては独ソ戦の勝利とともに誇らしい歴史なのだろう。だが、単純な比較は許されまい。いまロシアがしているのは市民の暮らしを破壊する卑劣な攻撃にすぎないのだから。

侵略から8カ月余り。奪われた領土を取り戻し、避難民を帰郷させる。それができない限り停戦などありえないと考える住民は多いという。憎しみは重なり、戦争は悲しき日常となりつつある。

喜田記者と話している最中にも短い停電があった。首都のホテルも暖房は弱めで寒いそうだ。出口の見えない惨状を前に何もできないもどかしさを感じる。ぎゅっと拳を握る。

米国よ、どこへ　11・10

「彼らは民主主義にも欠点のあることを知らず、ひたすらその美点を愛し、世界中にその理想的制度を普及させたいと考えている」。明治時代の初め、岩倉使節団の『米欧回覧実記』は米国の政治についてそう記した。

当時の日本の若きリーダーたちは、民主主義に対する米国人の思いを理解しにくかったのだろう。「その意見を揺るがすことは全くできない」とし、異国の人々の強い自負心を不思議にさえ感じていたようだ。

米中間選挙の投開票が行われた。使節団がかつて見た米国の民主主義の理想はいま、深刻な社会の分断に揺れている。青い米国と赤い米国。バイデン政権への「審判」との意味合いを超え、世界の民主主義にも影響を与えかねない注目の選挙である。

陰の主役はやはり、トランプ前大統領だったのだろう。いまだにこれほど多くの支持者に囲まれ、これほど多くの人々に嫌悪される。断絶の象徴ともいえる存在感の大きさに改めて驚く。

米国社会は過去にも、分裂の危機にいく度も直面してきた。使節団の訪米の十数年前、第16代大統領のリンカーンは奴隷制度をめぐって演説し、国民に団結を呼びかけた。「分かれたる家は立つことあたわず。半ば奴隷、半ば自由の状態で、この国家が永く続くことはできないと私は信じます」

そんな危機のたびに亀裂を修復させたのは、民主主義の強靱(きょうじん)な回復力にほかならない。それはこれからも発揮されるのだろうか。不安を感じながら思う。米国はどこに向かうのか。

法相発言と命の重み　11・11

英国の作家ジョージ・オーウェルは若いころ、英植民地だったビルマで警官をしていた。短編『絞首刑』はそこで見た死刑執行の経験をもとにつくられたと言われている。

処刑台に向かう死刑囚が、足元の水たまりを避けようと身体を脇によける。生きている人間にとって当たり前の日常の動き。それを見た瞬間、「一つの生命を絶つことの深い意味、言葉では言いつくせない誤りに気がついた」とオーウェルは書いた。

おそらくそんな気づきをまったく持たない人なのだろう。葉梨康弘法相が自らの職務について「死刑のはんこを押し、昼のニュースのトップになるのはそういう時だけ」などと述べた。たとえ犯罪者であっても、国家が人の命を奪うという行為の重大さをどう考えているのか。あまりの無神経さに言葉を失う。

歴代の法相のなかには「サインをするだけでは無責任」として執行に立ち会った政治家もいた。葉梨氏の発言は死刑に反対する人だけでなく、葛藤を抱えながら死刑にかかわるすべての当事者の苦悩を踏みにじるものだ。

いまこのときも死刑の執行を待つ人間がいる現実も忘れたくない。再審で無罪になった元死刑囚、免田栄さんは生々しい証言を残している。だれの死刑が執行されるか分からない朝、拘置所は異様な静けさに包まれる。看守の足音が独房の前でとまるのがいかに恐怖か。「背中には冷たい汗がコロコロ、コロコロコロ落ちよるですたい」

命の重みを想像できない政治家は早々に退場すべきだ。

ことばの宝石箱　11・12

翻訳とは、しょせん誤解である——。そう書いたのは『翻訳とはなにか』などの著書で知られる評論家の柳父(やなぶ)章だった。異なる世界を自らの言語に変換して伝えるとき、それはどこまでいっても「私たちなりの理解」に過ぎないのだと翻訳史の専門家は言いたかったのだろう。

きのう国立国会図書館で始まった企画展示「知識を世界に求めて」を見に行った。明治維新のころの日本の翻訳事情を紹介する内容だ。西周(あまね)『洋字ヲ以テ国語ヲ書スルノ論』など200点に上る当時の書物が展示されている。

黄ばんだ紙に刻まれた活字から伝わってくるのは明治の人々の翻訳にかける熱情。開国したばかりの日本の知識層がいかに世界の知識を貪欲(どんよく)に吸収しようとしていたかがよく分かる。

翻訳家たちを悩ませたのはそもそも当時の日本に存在しない欧米の概念をどう訳すかだった。社会、個人、恋愛、存在……。いまは当たり前に使われる多くの言葉もこのとき生み出された造語だったと聞くと、不思議な気持ちになる。

そうした翻訳語を「多くの人が咀嚼(そしゃく)し、自分の理解にして日本の発展につなげていった」と同館司書監の倉橋哲朗さん(54)。新たな訳語は世界を日本に伝えただけでなく、日本語を変え、日本の社会を大きく変えた。

言葉は「宝石箱」なのだとも柳父は記した。最初は空っぽだが、宝石が入る箱。生まれたときは意味が伴わなくとも、徐々に言葉として「人々を惹(ひ)きつける」ようになるのだと。先人たちの「誤解」に敬意。

まあ、そんなものさ　11・13

米国の作家カート・ヴォネガットの代表作『スローターハウス5』では荒唐無稽な筋立てが展開される。空爆などで次々と登場人物が死に、そのたびにくどいほど同じ表現が繰り返される。「そんなものさ」「そんなものさ」

おととい11日は名作SFでファンに愛された作家の生誕100年の記念日だった。『母なる夜』『猫のゆりかご』『青ひげ』。私も懐かしさを感じて昔の本を読み返してみた。

第2次大戦の大空襲で多くの市民が犠牲になるのを目にした作家である。自らの経験を反映した作品群は、人間への強烈な絶望と愛情が交錯する。「偉大な文学作品はすべて（中略）人間であるということが、いかに愚かなことであるかについて書かれている」というのが持論だった。

一方で常に毒のあるユーモアもたっぷり込められている。「善が悪に勝てないこともない。ただ、そのためには天使がマフィアなみに組織化される必要がある」

難解だと感じる読者も多いのは事実だ。熱烈なファンで知られる爆笑問題の太田光さんは「『ワケがわからない』という感想は、凄（すご）くもっともな感想で、それこそが、この世界に対して私達人間が常に思っている感想そのものだ」と『タイタンの妖女』の解説で書く。同感だ。

それでも、ときどき思い出しては読み返したくなる。物事がうまくいかないとき、落ち込んだとき、なぜか励まされる気がして、その言葉に触れたくなる。「まあ、そんなものさ」と一人、つぶやいてみたくなる。

紅葉さまざま　11・15

灰色のビルばかり眺めているのに飽きて、東京の郊外にある御岳山に先日のぼった。標高929メートルに過ぎないが、古くから信仰の対象とされてきた山である。ケーブルカーは客を満載してせっせと往来していたが、なに、こちらは急ぐ身ではない。古い参道をたどった。

急坂を踏みしめ、ときおり呼吸を整えながら、唐の詩人・杜牧の一首を思い浮かべた。〈遠く寒山に上れば石径斜めなり／白雲生ずる処人家有り／車を停めて坐ろに愛す楓林の晩／霜葉は二月の花よりも紅なり〉。霜にうたれた葉は春の花より赤く燃えあがる、と。

かの時代から1200年を経ても、自然の理は変わらない。山頂は見事なまでの紅葉であった。視界いっぱい一つの色に染まるのも絶景だが、緑から薄黄へ、さらに深紅へと次第に移りゆく様も捨てがたい。

足元に目をやれば、リンドウの青いつぼみやムラサキシキブの実も、小さく自己主張していた。秋の神様のパレットは絵の具でさぞかしにぎやかだろう。

日本では古来、着物の裏表や重ね着の配色に季節をにじませてきた。かさねの色目という。組み合わせには名もあり、もみじだけでも初紅葉、黄紅葉、櫨紅葉などいくつもある。四季とともに育まれた豊かな感性のたまものだ。

きょうは七五三。同時に「きものの日」なのだそうで、京都市役所では、職員の有志のみなさんが和装で仕事にのぞむと聞く。古都の峰々も鮮やかに色づいている頃だろうか。人と自然が共演するさまを想像してみる。

どうなる共和党　11・16

集会に現れたのは、大西洋の単独横断飛行をなしとげたリンドバーグだった。ナチス・ドイツによるユダヤ人迫害が進んでいた1941年。開戦前の米国でのことだ。国民的な英雄は、ユダヤ人が映画界や新聞、米政府を牛耳って影響力を発揮し「われわれを戦争に巻き込みたがっている」と主張した。

よそ者から白人を守らねば、とあおる。批判があってもつっぱねる。集会を主催したのはアメリカ・ファースト委員会といった。

もう、あの人との共通点にお気づきだろう。米大統領だったトランプ氏である。退任後も「ディープステート（影の政府）」に米国は支配されている、と虚言を繰り返してきた。きょう、次期大統領選への再出馬を表明するらしい。

中間選挙での予想外の結果から、共和党内でもトランプ路線への批判が公然とわき上がり始めたという。だが、それくらいでひるむような、やわな御仁ではあるまい。こりずに罵詈雑言をまき散らし、対立をあおるのではないか。楽観的ではいられない。

じつはリンドバーグも大統領選の打診をうけていた。作家フィリップ・ロスは、その後の架空の世界を『プロット・アゲンスト・アメリカ』で描く。党の予備選を勝ち抜いた瞬間、街のあちこちで、まさかと声があがる。ユダヤ系の主人公は、リンドバーグ政権下で人種差別の嵐に巻き込まれていく。

実際の大統領選まであと2年。共和党は生まれ変われるだろうか。「まさか」とうめきたくなる光景はもう、うんざりだ。

与那国島はいま　11・17

〈へいわってなにかな〉と詩は問いかける。〈ぼくは、かんがえたよ／おともだちとなかよし……ねこがわらう／おなかがいっぱい／やぎがのんびりあるいてる〉。

小学1年の安里有生（あさとゆうき）さんが2013年、住んでいた日本最西端の島・与那国の風景をうたった。平和の種は身の回りにある、と素直な言葉で教えてくれる。

晴れた日には台湾をのぞむその島に、先日初めて米海兵隊がやってきた。砲塔をもつ自衛隊の車両もきょう運び込まれ、共同訓練にあたる。日米統合演習「キーン・ソード」の一環で、南西諸島などに3万人超が展開する。国境の島々がいま、ものものしい。

大国意識まる出しの中国を目にして、台湾有事にそなえるべしと思っているのは官邸や防衛省だけではあるまい。ロシアによるウクライナ侵攻後、そうした声を聞くことが増えた。

うなずきつつも、ひっかかるのは「備え」は誰を守るためかという点だ。最前線の地元の人たちはどうなるのか。有事の際は、与那国町は全員を島外避難させる。だが定期フェリーを往復させても4、5日はかかる。「北風の強い冬は接岸も難しい。緊急事態にそれで大丈夫かね」と以

2022・11月

前、役場の方が嘆いていた。

先の戦争で、沖縄は本土防衛の捨て石とされた。ひめゆり学徒隊の引率教諭だった仲宗根政善さんが約50年前に書いている。「(沖縄は)今後もまた、国を守る拠点、最先端として位置づけられようとしている。何という呪われた島か」。いまを予言したかのように。

下院とコンピューター　11・18

カウボーイが原野を駆け回った西部開拓時代。米国は国勢調査に膨大なエネルギーを費やした。各州の人口に応じて、下院議員の数をわりふる必要があったからだ。約1500人の職員が全国の回答を手作業で集計し、終えるのに7年もかかった。

ハーマン・ホレリスという若い技術者の発明が、これを劇的に改善した。年齢や性別ごとにカードの該当箇所に穴を開け、電気信号で一気によみとる。いわゆるパンチカード方式だ。つくった会社はIBMの前身となった。下院とコンピューター開発は、思わぬ糸でつながっている(山本菊男訳『コンピューター200年史』)。

きのう、その下院で中間選挙の大勢が固まった。民主党に軍配のあがった上院と異なり、共和党が過半数を獲得する見込みだ。それにしても、ここまでたどりつくのに投票日から8日。赤と青に色分けされた開票速報の地図を見ながら、やきもきさせられた。

郵便投票に不正がないか、署名の確認などに時間がかかったらしい。一部の地域では、せっかく採用してきた電子投票をやめてしまった、とも先日の記事にあった。

2020年の大統領選の不正を疑う人から「機械は信用ならない」と声があがったそうだ。手書きの投票用紙に変えた、というから驚く。そして手作業で50票を数え終えるのに3時間半、と。何とも、ご苦労なことである。

くしくも、きのうはホレリス氏の命日だった。ハイテクから130年分の先祖返り。あの世で何と言っているだろう。

世界トイレの日　11・19

戦後復興のエンジンがかかり始めたころ。のちに作家となる向田邦子さんは、東京・日本橋のデパートでレジ打ちをした。学生バイトは珍しく、随分可愛がってもらったそうだ。覚えたことの一つに、いわゆる業界用語があった。

たとえばトイレのことは「仁久（じんきゅう）」と言った。着飾った客の面前で「ちょっとお手洗い」と言うわけにもいかない。このデパート独特の符丁で、「仁」は数字の四、「久」は文字の繰り返しを意味した。「仁久」つまりは「四四（シーシー）」。音の響きが……その先はご賢察を願いたい（渡辺友左（ともすけ）著『隠語の世界』）。

当時はともかく、現代日本はトイレ大国となった。気がつけば、一般世帯の8割が温水洗浄便座を持っている。駅のトイレも、昔は汚い、臭い、暗いのそろった3Kだったが、すっかり清潔になった。

海外に目を転じると事情は異なる。地球の人口が先日、80億人を超えた。世界保健機関（WHO）によれば、そのうち4億9千万人がいまも「トイレなし」の暮らしをしているというから驚く。形はあれこれあれど、21世紀にはどこにもあるもんだと思い込んできた。

人目を避け、明け方などに草むらや道端へ行くのだという。女性や子どもにとっては、日常の中に危険がひそむ。衛生の問題だけでない。トイレが命と尊厳の問題なのだ。

長々とはばかりの話で恐れ入る。ただ、きょうは国連が定めた「世界トイレの日」。いつもの場所に腰掛けてぼんやりする時、ちょっとでも思い出していただけたら。

情けないファンとして　11・20

忘れられない光景がある。2006年のサッカーW杯ドイツ大会で、イタリア対フランスの決勝戦の夜だった。当時の勤務地ローマでパブリックビューイングの取材に行くと、野外会場に15万人が押し寄せて大画面が見えない。

警察官の休憩所をのぞいたら、「僕らは（不吉な数の）13人なのでちょうど良かった」と歓迎された。ジダン選手の頭突きなどもあって試合は荒れ、PK戦に突入。若い警察官が「シュートが決まるジンクスだ」とバック転を始めた。最後は14人でひざまずいて祈った。そして、イタリアは勝った。

ひいきチームがからむと、人は情けないほど迷信深くなる。英国の作家ニック・ホーンビィ氏もそうだ。縁起がいい靴下やシャツや帽子を身につけて競技場へ向かい、負け試合で一緒だった人とは二度と行かない（『ぼくのプレミア・ライフ』）。

間もなくW杯カタール大会が始まる。関連施設の建設に携わった外国人労働者への人権侵害などが指摘され、欧州ではボイコットを求める声もある。純粋に楽しみ、応援したい気持ちに影を落としている。

W杯の生みの親で国際サッカー連盟の会長だったジュール・リメ氏は、理想と現実のバランスを巧みにとった。回顧録では、サッカーの持つ社会的価値、人間的価値が重要だと説いた。「興行師」扱いされるのは残念だとも。

初開催から92年。商業主義と様々な利害関係にのみ込まれ、大切な価値観が揺らいでいないか。情けないファンではあるが冷静でいたい。

畑に戻る　11・21

紀元前5世紀の古代ローマにキンキナトゥスという伝説の人物がいる。畑仕事の最中に元老院から呼び出され、半年間の限定で全権を委任された。蛮族との闘いに勝つと、即辞任して畑へ戻った。この間わずか16日だったという（リウィウス著『ローマ建国以来の歴史』）。

権力の座に恋々とせず、潔く役職を退く模範とされる。欧州では、政治家が「畑に戻る」と述べて辞任することも。そんな「理想的な潔さ」の対極にあるのが、寺田稔総務相ではないか。大仕事をせずに、大臣職にしがみついた1カ月半だった。

先月上旬にビルの賃料をめぐる問題が出ると、ずれた言動が目についた。3日前の「疑惑でも何でもございません」「激励をいただき、『説明して感心しました』という声しか聞いておりません」の発言にはあきれた。

一番の驚きは、どの疑惑にも寺田氏の専門分野がからむことだ。税務署長も経験した元大蔵官僚ならば、税金をごまかすことができるのか。選挙や政治資金規制を所管する大臣ならば、規制をすり抜けられるのか。そりゃ立場上詳しいよね、と言いたくもなる。

先に経済再生相を辞任した山際大志郎氏にも潔さはなく、4日後には自民党の新型コロナ対策本部長に就任した。閣僚を経験すると、畑に戻るのは難しいのだろうか。

キンキナトゥスには後日談がある。約20年後に再び全権委任で活躍し、21日間で辞任した。潔く有能な人材はどの時代にも求められる。伝説に生える芝生は、ことのほか青い。

帰還兵の叫び　11・22

オーストラリアのシドニーで8年前、『はるかなる故郷』という劇を見た。アフガニスタンやイラクなどの戦地で肉体的・精神的に傷つき、日常に適応しようともがく豪州軍帰還兵たちの物語だ。出演した17人のうち13人が本物の帰還兵だった。

演じることで感情を解放し癒やす手法を軍が支援したのが発端で、実体験をもとに脚本をつくったという。主人公はＰＴＳＤ（心的外傷後ストレス障害）に苦しみ、眠れぬまま未明に家中を掃除する。戦地の幻覚で取り乱す夫に妻は戸惑う。

迫真の演技に引き込まれたが、何かを乗り越えたようにカーテンコールで涙を流す姿にはっとした。これは「演技」ではない。戦争を知った帰還兵たちのリアルな復活劇だったのだと。

ロシア中部のナイトクラブで今月、十数人が死亡する火災があった。現地報道によると信号銃の発射で燃え広がったとみられ、過失致死容疑で身柄拘束されたのはウクライナで負傷した23歳の帰還兵だという。詳細は不明だが、ＰＴＳＤと関係があるのだろうか。

ソ連によるアフガン侵攻の元兵士らの話を聞き書きしたアレクシエーヴィチ著『亜鉛の少年たち』には、ニュースを見て自嘲する帰還兵が登場する。「俺たちは誰にも必要とされてない、国ではなにごともなく生活が続いている」。孤独な叫びだ。

ロシアによるウクライナ侵攻が始まって9カ月近く。戦争はあらゆる心を破壊する。だからどれだけ遠くても、どれだけ困難でも、やめさせなければいけない。

民の声は神の声　11・23

〈Ｖｏｘ　Ｐｏｐｕｌｉ，Ｖｏｘ　Ｄｅｉ〉は、ラテン語で「民の声は神の声」という意味だ。米ツイッターを買収したイーロン・マスク氏が4日前、この言葉をツイートしたので驚いた。天声人語の英訳版タイトルと同じではないか。

マスク氏は同時に、トランプ前米大統領のアカウントの復活をツイッター投票で決めたと表明した。「民が望んだ」と言いたいのだろうが、小欄の担当者としては心がざわつく。民の声は多数決で決まるのかと。

「Ｖｏｘ……」の原典を調べると聖書や古代ギリシャの叙事詩、英神学者の書簡など諸説あった。ラテン文学に詳しい藤谷道夫・慶応大教授は「時代を経て形や意味が変化したとみられるが、現代では民衆を軽んじるなと戒める言葉だ。多数決で決めるとの意味ではない」と話す。

では、朝日新聞が明治から使っている「天声人語」はどんな意味か。ネット上には「神だとでも思っているのか」とお怒りの声もある。そんな気持ちは全くないので悲しいが、この機に経緯を学ぼうと書庫を探すと、１９７９年に特集記事があった。

名付け親は漢学者で主筆格だった西村天囚。戦後に執筆した荒垣秀雄が由来を探したが、原典は見つからなかった。英訳版は、特派員の同僚からラテン語の言葉があると教わり、「民の声、人民の声、世論が天の声なのだ」とようやく心が落ち着き採用したという。

民の声は重いが、重さは数で決まるものではない。少数の声にこそ耳を傾けねばと、改めて思う。

ピンクの山茶花　11・24

各地から紅葉の便りが届くなか、ふとサザンカが見たくなってきのう、東京都心の自然教育園を訪ねた。モミジやムクロジで赤黄に色づく園内を歩くと、あった。落ち葉の上で、ピンクの花びらが雨にぬれていた。

〈霜を掃き山茶花を掃く許りかな〉は、高浜虚子が99年前の11月24日に詠んだ句だ。ツバキに似ているが花弁が薄く、一片ずつ散るサザンカには寂しげな印象がある。真っ赤や白のもいいが、寒さが増すこの時期のピンクに、ほっこりした気持ちになった。

国語学者の故・金田一春彦さんによると、漢字で「山茶花」と書くサザンカは本来「サンザカ」と発音すべきはずなのに、ひっくり返ったという。「昔、アラタシといっていたことばを、今ではアタラシというようになったのと同じ伝（でん）である」（『ことばの歳時記』）。

使われているうちに音がひっくり返る現象を音位転換と呼ぶ。「だらしがない」は「しだらがない」から。舌鼓はシタツヅミに加えてシタヅツミも認められ始めた。間違った発音も、定着すれば誤用でなくなることもあるわけか。

子どもの言い間違いはほほえましいが、大人に連発されていらついたのは芥川龍之介だ。一緒に中国を旅した友人が「フトロコ」「コシャマクレル」などとよく間違えるので、仏頂面で歩き続けたと紀行文で書いている。

サザンカにひかれるのは、ひっくり返った名のせいかもしれない。さざ波を連想させる細やかな響きがある。その花言葉は「ひたむきな愛」だという。

凍ったニンニク　11・25

凍ったニンニク、町の掃除、ドライマンゴー。いま台湾ではそんな単語が盛んに飛び交っているそうだ。外国人には奇妙に聞こえるが、地元ではだれもが知る選挙用語。発音などが似る「当選」「遊説」「亡国感」をそれぞれ意味する言葉だとか。

台湾の統一地方選があす投開票される。勝敗はさておき、選挙戦が盛り上がっていると聞いてホッとした気持ちになった。コロナ禍でも台湾人の選挙好きは変わっていないらしい。

日本のお祭りと野外コンサートを合わせたのが台湾の選挙だ。会場には屋台がならび、多くの家族連れが集まる。鮮やかな照明を浴びて有名人が次々登壇し、軽快な音楽が鳴り響く。

お手本は米国だが、もっと庶民的だ。「先人たちの血と汗でやっと勝ち取った民主ですから」と年配の友人。１９８０年代後半までは異論を許さない独裁政権の時代だっただけに、自由な選挙を楽しもうとの感情が強いのか。

96年の初の直接総統選の候補者で、今春に98歳で亡くなった彭明敏（ポンミンミン）さんの自伝を読んだ。彭さんは64年、台湾の独立や民主化を訴えようとして逮捕された。当時の言論弾圧がいかに恐怖だったか。偽造旅券で亡命した時は「強烈な自由の感覚に、私の身体は壊れてしまいそうだった」。

民主主義は選挙があるだけでは機能しない。「私は自分たちの代表を選ぶ過程に参加した」との人々の実感こそが台湾の民主社会の強さなのだろう。あすの夜、お隣の島からの「凍ったニンニク」の声に耳をすませたい。

時を超える出会い　11・26

未来から過去へ。過去から未来に。時空を超えた手紙が瞬時に届いたらどんなだろうか。そんなタイムマシンのような不思議な郵便ポストが、２００６年の米映画「イルマーレ」には登場する。

現在に暮らす女性医師と、その2年前の過去に生きる男性設計士の恋愛劇。時を飛び越えた文通で恋に落ちた二人は「明日会おう」「でも、あなたには2年後の明日よ」。対面はかなわず、繰り返されるすれ違い。その切なさに見ていてやきもきしたのを覚えている。

映画の結末はともかく、こちらはうまく出会えたようだ。将棋の羽生善治九段(52)が藤井聡太王将(20)への挑戦権を勝ち取った。タイトル戦での2人の対局は初めてだ。32歳差という異世代の対決に「すれ違いは回避できた」と羽生さん。将棋ファンとしては、運命の恋人の邂逅(かいこう)を見るようでうれしい。

さて、どちらを応援しようか。昨年は負けが増えた羽生さんだが、今期は目を見張る復活ぶり。一方、きょうも竜王の防衛戦を戦う藤井さん。五冠を得た後も勢いは続いている。

50歳を過ぎてのタイトル奪取は難しいとされる将棋界だが、昭和の天才棋士、升田幸三は「『このごろの若い者どうかな』といって天下を取ってみるのもおもしろいじゃないか」と言って挑戦を続けた。数々の名手が歴史に残る。

王将戦七番勝負は来年1月に始まる。どんな将棋になるのか想像するだけで楽しくなる。世代を超えて、未来の棋士たちが棋譜を並べてうなるような名局を見てみたい。

棺材を見ざれば　11・27

「潔い」の反対語は何だろうか。いさぎ悪いは誤りだし、見苦しい、あきらめがよくない、未練がましい。四字熟語で言えば漱石枕流(そうせきちんりゅう)などもあったか。うーむ、なんだか書いているだけで気がめいってきた。

おとといの国会中継で「政治とカネ」の疑惑に揺れる秋葉賢也復興相の答弁を聞いた。開き直った強弁ぶりから感じたのはそこに欠如した何か。頭に浮かんだのは「潔い」との言葉だった。

秘書2人に選挙運動の報酬を支払っていたとの疑惑では、記録の提出を拒否して「法律上の義務になっていない」と言い放った。これが岸田首相の言う「丁寧な説明」ならば、筆者の知らぬうちに日本語の意味が変質してしまったに違いない。

「記憶にない」との決まり文句も繰り返された。試しに秋葉氏は熱い紅茶にマドレーヌを浸し、召し上がってみたらどうだろう。プルーストの『失われた時を求めて』の主人公はそれで一気に過去の記憶を取り戻したそうだから。

お隣の中国では、権力に恋々とする人をもっと厳しい表現で揶揄(やゆ)する。「棺材を見ざれば涙を流さず」。棺を見るまでは悪あがきを続けるとの意味のことわざだ。「俺の棺を用意しておけ」は清廉潔白を訴える高官の決めゼリフである。

岸田首相はこの1カ月で3人の閣僚を「更迭」した。いずれも首相の判断は遅く、3人は強弁を続け、貴重な国会審議が空費された。またそれが再現されるのだろうか。ああ、思い出した。「潔い」の反対語は「往生際が悪い」だった?

茶色い戦争ありました　11・28

幾時代かがありまして／茶色い戦争ありました――。昭和の詩人、中原中也が代表作「サーカス」を書いたのは日本の中国侵略の発端となる満州事変勃発の前夜、1920年代末のことだった。

20代だった中也にとっての過去の戦争は第1次大戦やシベリア出兵だったか。焦土となった日本も戦後の平和の時代も見ることなく、30歳で夭折した詩人。彼が100年後の21世紀の世界でも砲弾と泥と塹壕の「茶色い戦争」が起きていると知ったらさぞ驚くだろう。

日本大学芸術学部の学生たちが企画する毎年恒例の映画祭が東京・渋谷で今年も来月2日から始まる。ウクライナ侵攻を受けてテーマは「領土と戦争」という。「カティンの森」「ひめゆりの塔」「ブリキの太鼓」など国内外の14作品の上映が予定されている。

「戦争は教科書で読むものだった。でも、それがいまも起こるのだと思うと恐怖です」。学生代表の三好恵瑠さん(21)は話す。「日本も領土問題を抱えている。もっと真剣に平和のことを考えたほうがいい」

若い世代の間でも、安全保障への関心は確実に高まっているということらしい。どうすれば平和は守れるのか。そもそも領土とは何なのか。今春の世論調査では、日本と周辺国との戦争を以前より不安に感じると答えた人は8割に上った。

これからも「茶色い戦争」が繰り返されるとすればあまりにも空しい。三好さんは言った。「人間はそんな愚かじゃないと思っていたのに」。学生たちの問いかけは重い。

白い紙に透ける怒り　11・29

白紙、と言ってもどこかの国の首相の領収書をめぐる話ではない。たくさんの中国の人たちが白い紙を手に手に掲げて抗議活動をしているという。政府の徹底したゼロコロナ政策への不満が激しく噴出しているらしい。

厳しい言論統制下の国で起きた異常事態に驚いた。なぜ白紙なのか。抗議の言葉をはっきり書かずに、当局に捕まるのを避けようということだろうか。ロシアでのウクライナ侵攻への反対運動でも同じような動きがあったそうだ。

中国のネット上では政府を直接批判する発言はもちろんのこと、ちょっと揶揄(やゆ)するような言葉もすぐに削除される。当局に都合の悪い言論は、事実であってもなかったことにされてしまう。一切の異論を許さぬ現実を白紙は暗に示しているようにも思える。

そもそも共産党政権の象徴は赤色である。中華民国の時代の共産党弾圧は「白色テロ」と呼ばれた。「カラー革命」と言われる東欧や中東での民主化運動をこれまで強く警戒してきた中国政府だけに、その前に現れたのが白い抗議だったとは。何とも皮肉に違いない。

2022・11月

習近平(シーチンピン)国家主席に対して「やめろ」と街頭で連呼する人々の動画も伝えられている。従順な部下たちはそんな動きを正確にボスに伝えられるだろうか。習氏への報告書が白くならないことを祈るばかりだ。

「白紙も模様の内なれば、心にてふさぐべし」。江戸時代の絵師、土佐光起(みつおき)はそう言ったという。怒れる中国の人が高く掲げる白い紙にその「心」を透かして見る。

あんかの思い出　11・30

もう寝なさいという声に押され、綿入れはんてんを脱いで布団に潜り込む。冷たさに、ううっと体が縮こまる。幼い頃の冬の思い出だ。格別に寒い夜に登場するのが豆炭(まめたん)あんかだった。真っ赤な炭を入れて留め具をパチリ。郷愁とともにぬくもりを思い起こす。

当時でもやや古めかしかったはずだが、先日都内のホームセンターに積まれているのに目を丸くした。しかもなかなかのお値段だ。メーカーにきくと「近年にない売れ行きで、品薄が続いている」という。あちらも驚いているのが、電話越しに伝わってきた。

時ならぬ人気の背景には、12月から始まる政府の節電要請があるらしい。電力不足の恐れがあるとして、冬季としては7年ぶりの実施となる。

ただお上に頼まれなくても、こうも光熱費が高くては、あんかが恋しくなるのも当然だろう。来春には、大手電力会社のうち6社が電気代の値上げを計画している。しかも一気に3、4割増しだという。爪にともした火もむなしい。

これを機に、足元を見直さぬ手はなかろう。わが幼少期の1970年代と比べて、家庭でのエネルギー消費は倍近くなった。余計な明かりを消す。重ね着をする。すぐ出来ることはいくつもある。

思い出すのは2011年の震災後の夜空だ。〈ひつそりと柿栗供ふる十五夜の月は節電の闇夜の明かり〉中山孤道。ネオンが消え、エスカレーターの止まった街で、もう電気を無駄遣いする暮らしには戻らないと誓った。あの思いを忘れてはなるまい。

2022

12
月

江沢民氏死去　12・1

淡い紅を朱鷺色と呼ぶ。トキの美しい羽の色からだ。古くは日本書紀にも「桃花鳥」という優雅な名で記されたその鳥は、江戸時代まで日本全国で見られた。明治以降の乱獲で絶滅の淵に立たされる。2003年には、日本生まれの最後の一羽「キン」が36歳で死んだ。

しかしいま、佐渡など日本海側を中心とした広い空には約480羽が舞っている。復活のかぎとなったのは、中国から譲り受けたトキだった。

最初のつがいの「友友（ヨウヨウ）」と「洋洋（ヤンヤン）」がやってくることが決まったのが、1998年。中国の元首として初来日した江沢民国家主席からの日中友好の証しだった。「陛下は鳥類に大変お詳しいとうかがっています」。いまの上皇・上皇后ご夫妻との会見での一コマだった。

その江沢民氏がきのう死去した。国家主席だったのは、2003年まで。近年は表舞台に姿を現さなかった。記憶に残るのは、トキの贈呈表明と同じ日、皇居の夕食会での一転した厳しい口調だ。「日本軍国主義は対外侵略拡張の誤った道を歩んだ」。いま思えば、その後の厳しい日中関係の予兆のような場面であった。

2022・12月

中国13億人を率いた10年余りで、経済発展の道筋をつける一方、国内のナショナリズムをあおった。いまや中国は世界第2位の経済大国となり、権力を集中させる習近平氏のもとで強硬路線をひたすら歩む。

隣り合う国同士が反目しつづけることを誰も望むはずがない。あのつがいのトキに込められたのは、不変の願いだったと信じたい。

＊11月30日死去、96歳

トンネル事故から10年　12・2

乗っていたのは、シェアハウスに住む男女ら20代の6人だった。深夜ドライブに出かけ、夜明けの温泉につかった。富士山を眺め、帰る道すがら。心地よく眠る姿も車内にあっただろうか。窓にもたれ、未来を思い描く姿もあっただろうか。

つぶれ、ゆがみ、焼けただれたワゴン車。炎に溶けて塊となった小林洋平さんの携帯電話。石川友梨さんの焦げたカバンには「12月2日」と印字された会社の打ち合わせ資料が残る。惨事を物語る遺品を、東京・八王子にある中日本高速の「安全啓発館」で見た。

中央自動車道の笹子トンネルで、巨大なコンクリートの天井板が崩落した事故からきょうで10年になる。ずさんな点検の末に走行中の3台で9人の命が奪われた。教訓を風化させまいと、昨年施設がつくられた。

一冊の本が置かれていた。上田達(わたる)さんを産み、初めて抱き上げた瞬間を母が事故後に書きとめている。赤ん坊の小さな握りこぶし。「わたしは思わず見つめた。爪のかたちが自分のものと相似形だったからだ（略）心がふるえるような喜びだった」。いとおしむ心を思い、動けなくなった。

わが子とこれからも人生をともに過ごすはずだった。死を認めたくない。何げない思い出がふとよみがえる。〈今日も亦(また)　何して過さむ窓開き庭の木を見て記憶を追ひつ〉。達さんの祖母の歌だ。

遺族にとっては、時が止まったままの10年だったろう。悲しみは波のように寄せては返す。いつか穏やかな海となるまでの時の長さを思う。

W杯の快挙　12・3

「神の手が働いたんだ」。サッカー界のスーパースター、マラドーナが試合後に放った一言はあまりに有名だ。1986年のW杯メキシコ大会での準々決勝。イングランド戦で決めた1点目は、ゴール前の競り合いで、頭ではなく左手に当てたものだった。

相手の猛烈な抗議にも判定は覆らない。本人は自伝で「主審と線審の二人のどちらにも見られなかったのは奇跡的だよ」とふり返っている。まるで悪びれないのが、いかにもマラドーナらしい。

きのう早朝、スペイン戦を見た。決勝点につながった三笘薫選手のプレーにあっと息をのんだ。ゴール脇に果敢に滑りこんで、こぼれた球を折り返す。寝ぼけ眼の素人には、ラインの外に出てしまったようにも見えた。

だが伸ばした左足の下で、球はわずかに白線にかかっていた。ミリ単位であろう。天国と地獄をわける、途方もない数ミリである。判断の決め手になったのは、2018年大会から導入されていたビデオシステムだ。ピッチとは別の審判らが動画などを確認した。

驚くことに、今大会の公式球にはセンサーが埋め込まれているのだという。球の位置までが正確にわかり、オフサイドの判定もＡＩが助ける。最新技術には舌を巻く。神の手のような「秘技」は良くも悪くも、遠い過去なのだろう。

ドイツとスペインという優勝経験国をやぶり、日本は決勝トーナメントに進む。この快挙ばかりは最新技術も予測できなかったに違いない。そこにこそ、スポーツの面白さがある。

東京五輪の公式映画　12・4

異例の２本立てである。河瀬直美さんが総監督をつとめた、東京五輪の公式記録映画をＤＶＤで見た。「ＳＩＤＥ：Ａ」では、子連れのマラソンランナーやシリア難民などの選手たちが描かれる。「ＳＩＤＥ：Ｂ」は組織委の幹部やスタッフ、市民らの光景だ。

５千時間分もの記録をとったそうだ。コロナ禍、開催延期、反対デモ。競技場内外の「全てを余すことなく後世に伝える」とパッケージにある。だからだろう。あわせて４時間を超える長編となった。

しかし、河瀬さんにも見えなかったもの、映し切れなかったものがある。五輪をめぐる利権という深い闇だ。汚職の捜査が終わったのもつかの間、テスト大会の入札をめぐる組織委ぐるみの談合疑惑に広がった。広告業者に次々と東京地検の家宅捜索が入っている。

「SIDE：B」に印象的な場面がある。日本らしい開閉会式を、と演出の総合統括を託され、のちに降板した狂言師の野村萬斎さんが、伝統文化を引き継ぐ難しさについて語っている。

「長くやればそこに色々なものがくっついてくる。権威であるとか利権であるとか。そういうことと本来の精神というのが、実は別であるはずなんですよね」。組織委や電通への警句のようにも見えてくる。

記録映画で「全てを余すことなく」伝えるには、もう1本「SIDE：C」が必要であろう。欲とカネにまみれた群像劇を描くために。恐れるのは、それが前2本を上回る「超長編」になるのかもしれない、という点だ。

なぜ、こんなことが　12・5

園児の足をつかみ宙づりにする。カッターナイフを見せて脅す。バインダーや丸めたゴザで頭をたたく――。静岡県裾野市の私立認可保育園「さくら保育園」で昨日、元保育士3人が暴行の疑いで逮捕された。園が確認したという虐待の数々に、ただ言葉を失う。

3人が受け持っていたのは1歳児で、「しつけの一環だった」などと話しているという。だが、15項目もの悪質行為からは目を覆いたくなるほどの残酷さがうかがえる。寝た園児に「ご臨終です」と言ったり、手足口病の園児の尻を無理やり他の子に触らせたりするなど、許されることではない。

さらに驚くのは、桜井利彦園長が全保育士に対し、問題を口外しないよう誓約書を書かせていたことだ。内部告発しようとした保育士に、土下座までしたという。市も、情報提供されたのに3カ月以上も公表しなかったのはなぜなのか。

虐待に隠蔽(いんぺい)、保身。今回の事件で決定的に欠けているのは、子どもを慈しみ、守ろうとする大人の存在だ。通報がなければ、ずっと続いていたのだろうか。

95歳のいまも栃木県で保育士をしている大川繁子さんは、60年間で3千人の子を送り出してきた経験から、著書でこう説く。「保育士と子どもは、対等な人間です」「子どもにも人格があります。身体が小さいだけ」

責任の所在を明らかにし、防止策を講じるのは当然だが、それだけでは足りない。何人たりとも子どもの人格、人権を軽んじてはならないという大前提を再確認すべきだ。

タートルネックと甘い生活　12・6

子どものころ、冬は風邪をひかないように「三つの首」を温めなさいと親に教わった。首にマフラー、手首に手袋、足首に厚手の靴下。いまも寒い日の外出前に、この3カ所を確認するのが癖になっている。

東京都の小池百合子知事が、タートルネックの活用を呼びかけた。昔のとっくりセーターだが、こちらは親心からではなく、電力不足対策だ。節電が大事なのはわかるが、大人相手の「押しつけ感」にげんなりしてしまう。

かつては機能性で漁師や軍人、労働者らに愛用されてきた。その後はファッションとして定着し、1960年代にはフェミニズムや公民権運動の活動家らが好んで着た。現代芸術家のアンディ・ウォーホルや米アップルのスティーブ・ジョブズなど、とんがった人が着ている印象がある。

学生運動で反抗歌をつくり、「イタリアのボブ・ディラン」と呼ばれた歌手をローマで取材したときのこと。青いタートルネックをほめたら「反抗者が着るものだ」と力説した。ネクタイや正装を拒み、支配層と闘う服だと。

そのイタリアではタートルネックを「甘い生活」と呼ぶ。巨匠フェリーニ監督による60年公開の映画タイトルから取ったが、実は主演俳優は作中で着ていない。最後のシーンで首に巻いた黒いスカーフがそう見えて、とても格好良かったからだとか。

理由は何であれ、着たいから着る。人間の狂気や欲望を描く天才だったフェリーニが「『甘い生活』で節電を」と聞いたら、どんな顔をしただろう。

W杯とブラボー！　12・7

ブラーボ　フィガロ！　ブラーボ、ブラビッシモ！――ロッシーニのオペラ「セビリアの理髪師」の第1幕で、理髪師フィガロが陽気に歌う。ローマで初めてみたとき、バリトンを称(たた)える声が観客席から飛び、舞台の上も下も「ブラーボ」でいっぱいになったのを思い出す。

このイタリア語の「ブラーボ」こそ、サッカーW杯カタール大会で注目を集めた「ブラボー」である。1次リーグ初戦でドイツに勝ったとき、長友佑都選手が「みんなブラボー！　ブラボー！　ブラボー!!」と連呼した。

イタリアでは「ブラーヴォ」と発音し、最上級だと「ブラヴィッシモ」になる。長友選手がプレーしていたイタリアでは、日常的にほめ言葉で使う。

語源は諸説あるが、ラテン語の「野蛮な」と「邪悪な」の単語が合わさったとみられる。16世紀ごろには戦士や傭兵(ようへい)を意味したようだが、時代を経て能力や優れた技術を指すようになり、称賛にまで変わったという。悪から善への転換が面白い。

ドイツに勝ち、コスタリカに負け、スペインに勝った今回のW杯で、日本代表の森保一監督への評価がめまぐるしいほど変わった。「素晴らしい交代劇」から「選手交代が遅い」へ。そこから、「森保マジック」になった。

クロアチア戦終了後、呆然(ぼうぜん)としたまま自宅のベランダへ出た。普段は真っ暗な午前3時、家々の窓に灯(あか)りが見えた。これだけみんなを夢中にさせたのだ。ベスト8が果たせなくても、「ブラーボ」のままで、選手たちを迎えたい。

国を守るとは何か　12・8

機体が斜めに傾くと、落ち葉に覆われた茶色い山肌がぐうんと目の前に迫ってきた。東京・羽田から朝日新聞の社機「あすか」に乗って約30分。きのう長野市の川中島古戦場近くにある舞鶴山一帯を上空から見た。

日本陸軍がこの山々の中に巨大な地下壕「松代大本営」の建設を始めたのは敗戦間近の1944年。東京が戦場になるのに備え、皇居や大本営を移転する計画だった。国民の命よりも「国体」の維持が最優先された時代を如実に示す話だ。

戦後、長野を訪れた昭和天皇は「この辺に戦時中無駄な穴を掘ったところがあるというがどのへんか?」と尋ねたそうだ(林虎雄『過ぎて来た道』)。指導層だけが地下にこもって戦争を続けようとした史実を、天皇も気にしていたのだろう。

時を経て、いま日本の安全保障は転換点を迎えている。「敵基地攻撃能力」を持つといい、今後5年間の防衛費を1・5倍超にするという。専守防衛を揺るがす重大事なのに何とも慌ただしく議論が進んでいるようで心配になる。

そもそも国を守るとは何なのか。大切なのは国民一人ひとりの命が最大限に尊重され、暮らしが守られること。領土防衛や抑止力強化を叫ぶのもいいが、武力だけで語れるほど単純な話ではあるまい。

機中からは幾十にも尾根が複雑に絡み合った信州の山々が見えた。その山あいに隠れるようにして天皇が移り住む予定だった建物もあった。遠くには東京のビル群が白くかすんでいる。きょうで真珠湾攻撃から81年。

2022・12月

高級車に乗りたいなら　12・9

つま先を伸ばしたくなる広い足元、革製の黒いシートの柔らかい手触り。生まれて初めて、高級車センチュリーに乗ってみた。後部座席に座って都心の大通りを走る。歩行者の視線がこちらを向いているような気がして、なんだか落ち着かなかった。

乗せてくれたのは、さいたま市の個人タクシー運転手、石川道治さん(59)。乗車する客はこの車を目当てにした事前予約の人ばかりだそうだ。「お客さんが喜んでくれればこちらもうれしい。買ったかいがあります」

先月、山口県が貴賓車としてセンチュリーを購入したことを「違法な支出」だとする判決が出た。価格はほかの高級車の数倍に当たる1台2千万円余り。公金を使うには高額すぎるとの訴えが出るのも無理はない。別の県でも知事の公用車を異なる車種に変えるなどの動きが出てきているとか。

そもそもセンチュリーはトヨタがこだわりを持って生産する最高級の大型セダン。通常のトヨタ車と違って独自の鳳凰(ほうおう)マークがついている。皇室が使っていることでも有名だ。

それだけに政治家や役人、ビジネスマンが「成功の象徴」として思い入れを持つのも理解はできる。でも、そんなに乗りたいならば公金ではなく、自分のお金で乗ればいいのに。

山口県での騒ぎを全国のセンチュリーのファンはどう感じているのか。不愉快なことですかと石川さんに尋ねると「いえいえ、それだけ特別な車なんだと改めて思いました」。そう、悪いのはセンチュリーではないのだから。

人類を冬眠させる計画　12・10

小児科医である砂川玄志郎（げんしろう）さん（46）の人生を変えたのは一本の論文記事だった。医師5年目の2005年9月のある朝のこと。東京にある国立成育医療センターで夜勤を終え、誰もいない医局で何げなく科学雑誌を手にとった。

書かれていたのはマダガスカルで冬眠するキツネザルが見つかったとの話だった。クマなど一部の哺乳類の冬眠は知られるが、サルとは驚きだった。疑問が浮かんだ。「同じ霊長類の人間も冬眠ができないだろうか」

臨床医としてあと少しで助かる小さな命をみてきた。冬眠は睡眠よりもはるかに体の負担を下げた状態。もしも人工的にそうできれば患者の搬送や治療での「積極的な時間稼ぎ」につながる。「冬眠技術を開発して多くの人を助けたい」。職を辞し、睡眠研究の道に転じた。

いま砂川さんは神戸の理化学研究所で「人類冬眠計画」の研究をしている。数年前にはほかの研究者とともにマウスを冬眠に近い状態にするのに成功した。いつの日か必ず人工冬眠はできると信じている。

門外漢の筆者にはＳＦ映画のような夢の話だ。多くの命が救われるだけでなく、老いや病気も消えるのか。タイムマシンのように１００年後の世界や宇宙旅行にも行けるのだろうか。そうなれば気候変動や平和に対する人の意識も変わるかもしれない。

想像するのが楽しいような、でも、なんだか怖いような気もしてくる。「早過ぎることはない。いまからみんなでよく考えて欲しい」。砂川さんはそう話している。

あこがれの百貨店　12・11

東京・銀座にはきのう、歳末の高揚感が早くもあった。冬のボーナスが出たという方もおられよう。日ごろの物価高は気になるが、少しくらい自分にご褒美を。そんな気分だろうか。にぎわいに幼い頃を思い出した。

きょうはデパートへお出かけ、と親に言われた時の胸躍る気持ち。バスや電車を乗り継いで、お目当ては入り口のショーウィンドーだ。機械仕掛けの人形たちがトコトコ動く。絵本の一コマのような光景を飽かずに眺めていた。

行けば、最先端の商品や文化に触れられる。いま以上にデパートはそういう場所だった。なかでも80年代の東京・池袋の西武百貨店は抜きんでていた。建物内に美術館や書店、イベントホールがそろい、「ひとつの街のようだと思った」とライターの永江朗さんがふり返っている（『セゾン文化は何を夢みた』）。

その「そごう・西武」が米投資ファンドに売却される、と先だって読んだ。池袋店のフロアの多くは家電量販店に変わりそうだという。モノ消費の減少やネット通販の隆盛に、追いやられる図である。

地方でも、山形の「大沼」、岐阜・大垣の「ヤナゲン」など地元の顔だった百貨店が次々消えている。有為転変は世の常とはいえ、さびしさは否めない。〈さよならを百ぺん言ひて閉店すさざんかの舞ふ暖かき日に〉上田真理。

包みを抱いて家路につく。紙袋を丁寧にたたみ、思い出とともに戸棚にしまう。ネット上でボタンを押すだけでは味わえない幸せが思い出されてならない。

まやかしのネーミング　12・13

のどが痛くなったら「のどぬ〜る」。熱が出てしまったら、おでこに「熱さまシート」。小林製薬の商品名には、そのものズバリの直球勝負でありながら心をくすぐるものが多い。「名前を聞いて、どんな商品かすぐわかるよう突き詰めた結果です」。小林一雅会長がかつての記事で秘訣(ひけつ)を述べている。覚えやすさやリズムに加えて、機能や特徴を誤りなく伝えるのも、名付けの眼目だろう。実態から外れた、客を惑わすようなものは失格だ。

そんな落第ネーミングが大手をふっている。政府が新たに保有しようとしている「反撃能力」である。長らく「敵基地攻撃能力」と言い習わして、我が国は持たないと説明してきた。看板をかけ替えたのは、字面の物々しさを薄め、専守防衛は変わっていません、と売り込みたいのだろう。

だが「反撃」という言葉とは裏腹に、相手の弾が一発も届いていなくてもミサイルを相手国に撃ち込めるというのが、ことの本質である。「我々は戦争を望まないが、敵が先に仕掛けてきた」と当事者双方が言い合う。戦争の始まりとは概してそういうものだ。

思い返せば、政府はたびたびネーミングで矛先をかわそうとしてきた。反対デモが国会を包囲した安保法制を平和安全法制と呼び、何度も廃案になった共謀罪はテロ等組織犯罪準備罪と名が改められた。

いっそのこと、あちらの名前を変えてみては、という川柳が本紙にあった。〈防衛省改め敵基地攻撃省〉。言葉のまやかしがどうにも多すぎる。

月とうさぎ　12・14

新しい手帳やカレンダーが店に並び、年末の到来を告げている。残り2週間余りで、さて、どうやって仕事を片付け、部屋のほこりを払い、新年の支度をしようか。暦とにらめっこが続く。

カレンダーの語源にはお月さまが関係していると『暦と占い』（永田久著）に教わった。古代の人は、細い月が昇るのを1カ月の始まりとした。祭司が「出たぞ」と叫んで、待ちわびていた皆に知らせる。呼び集めるという意味のラテン語「カーロー」が「カレンダー」につながったそうである。

いまも月には、見るものを引き付ける不思議な魅力がある。日本の宇宙ベンチャー

「ispace（アイスペース）」の方々も、虜（とりこ）になったのだろう。月探査計画「HAKUTO－R」で開発した着陸船が先日、打ち上げに成功して、38万キロ先を目指す軌道に乗った。計画名は月のウサギ、白兎（はくと）にちなむと聞く。

国家プロジェクトの代名詞だった宇宙開発をいまや民間が競い合う。次の世代は、月面から青い地球を自分の目で見られるだろうか。夢は広がる。

今回、たどり着くのは4カ月半後。民間による世界初の月着陸を目指しているが、いったん地球から約150万キロ離れて遠回りする。そのほうが引力のバランスで、少ない燃料で行けるのだという。ただ後から打ち上げられる別の民間の着陸船に抜かれる恐れもあるとか。なに、そう気にする必要はない。えっちらおっちら行くほうが結局は確実であることを、ウサギは苦い記憶とともに学習しているはずである。

ゴブリンになりたい？　12・15

欧州の童話に登場するゴブリンは、悪さをして人間を困らせる生き物だ。妖精から小鬼まで描かれ方は様々だが、アンデルセンの『雑貨屋のゴブリン』はかなり人間臭い。おいしいおかゆをくれる1階の雑貨屋と、屋根裏で詩集を読む貧しい学生のどちらと住むか迷う。

オックスフォード英語辞典の出版社が、今年の単語に「ゴブリン・モード」が選ばれたと発表した。「社会規範や期待を拒絶し、悪びれずに身勝手で、怠惰で欲張りな行動」を意味する俗語だという。散らかった部屋で菓子をつまみ、だらだらと過ごすイメージか。

ゴブリン・モードは、編集機能を駆使した写真や動画であふれるSNSの「理想像」に反発した言葉だ。コロナ下の行動規制が緩和されると、「普通の生活」に戻りたくない気分にぴたりとはまり一気に広がった――同社の分析に、深くうなずいた。

巣ごもりを強いられた時期、実は私も価値観が変わったような気がした。健康的でエコな生活をしようと全粒粉のパンを焼き、古着を仕立て直した。でもスマホを見れば、キラキラした「お手本」が目に飛び込んでくる。

やっぱり無理だとあきらめた先にあるのが、ゴブリン・モードなのではないか。もう振り回されたくない、だめな自分のままで十分だと。

アンデルセンのゴブリンは雑貨屋か学生かで迷った末に「時間をふたつにわけよう」と決める。詩は心を豊かにするが、おかゆも必要だ。「いいとこ取り」は、悩める人間として実にうらやましい。

2022・12月

ベルト手錠と革手錠　12・16

「ベルト手錠」とは何か。刑事収容施設法の施行規則は「適宜な幅の腰ベルトの左右に手首を固定するため伸縮できる輪を設け」たものとしている。通常の手錠と違い、三つの輪で腕と胴体をつなぐ。

愛知県警岡崎署の留置場で今月、勾留中の男性(43)が死亡した。裸のまま両腕はベルト手錠で、両足は捕縄で連続100時間以上も拘束され、食事も取らなかったという。場内の監視カメラには、横たわる男性を複数の署員が蹴るなどする様子も映っていた。あまりにひどい。

男性には持病があり、精神疾患の薬は処方されたが、糖尿病の薬は与えなかった。一部署員は「暴れたり、言うことをきかなかったりした」と説明しているそうだが、留置でなく保護入院などに切り替えられなかったのか。

またかと思って頭に浮かんだのは、20年前に名古屋刑務所で起きた陰惨な事件だ。内臓を損傷するほど腹部を締め上げた拘束具が「革手錠」だった。複数の死傷者が出て刑務官らが有罪となり、監獄法が現行法に改正された。

今回のベルト手錠の見た目は、あの革手錠にそっくりだ。代用監獄の場で、「戒具」の名が合う拘束具が使われたことに驚く。名古屋刑務所でも今月、刑務官22人による受刑者への暴行が明らかになった。公務員による相次ぐ暴行事件は、人権意識が欠如している表れではないか。刑事収容施設の状況をみれば、その国の人権レベルがわかるという。時代遅れの実態が続く限り、密室の人権侵害はまた繰り返される。

2022・12月

異議申し立ての文化　12・17

欧州ではこの時期、ストライキが起きるという印象が強い。クリスマスを控えて物入りなのに、賃上げが不十分だと労働者の不満が増す。物価高騰ならなおさらだ。経営者と交渉が決裂したとき、最大の効果を期待して行使する権利がストなのだ。

政権交代して間もないイタリアでは、主要労組がローマなどでゼネストを始めた。政府の予算案に抗議するデモ集会も予定し、「コロナとインフレで苦しむ庶民を追い詰めるな」と団結を呼びかける。

かつてストを「内なる敵」と呼んだのは、英国のサッチャー元首相だった。１９８４年から１

年も続いた戦後最大の炭鉱ストは、英国の労働運動を大転換させた。法整備などで周到に準備したサッチャー氏が潰し、幕を閉じた。

その30年後、当時のスト参加者らを訪ねた記録映画が公開された。終盤近くに、若者らとデモ行進をする場面がある。昔の敗者が「未来はこれからだ」と話すなど、希望の色が濃い。

その英国で年末、久々の大規模ストが計画されている。賃上げを求める鉄道職員や救急隊員、空港の入国審査担当者らも。コロナ禍で活躍した看護師たちの労組は、待遇改善を求めて初の全国ストに突入した。「異議申し立て」の文化は、いまも生き残っていると実感する。

日本でもこの10年、脱原発集会や安保法案の抗議デモで異議申し立てをしたことがあった。敵基地攻撃能力の保有など安保政策の大転換となったきのう、国会前を歩いた。かつてのにぎわいは、まだなかった。

危うき大転換　12・18

アフガニスタンで3年前に殺された医師の中村哲さんは、武器を手にした人間の弱さと狂気を知り尽くした人だった。現地で人道支援をしながら幾度も戦闘に巻き込まれたからだろう。「『撃つな』という方が勇気が要って、ぶっ放すことは本当に簡単だと思いました」と作家の半藤一利さんとの対談で語っていた。

そんな中村さんのこと、泉下でさぞ心配しているに違いない。日本の防衛政策が大転換することになった。安全保障関連3文書が閣議決定され、敵基地攻撃能力（反撃能力）の保有が宣言された。

専守防衛を揺るがす、何とも危うい動きである。疑念は尽きない。どんな基準で相手国を攻撃するのか。先制攻撃にならないよう歯止めはきくのか。そもそも実際に抑止力となるのか。こちらが強めれば、相手も強めるかもしれない。際限なき軍拡競争への懸念もある。防衛費は5年間で1・5倍以上の43兆円にするというが、そんな急増が本当に必要なのか。

社会保障の予算の伸びは厳しく抑え込まれている。国力を超えた国防はあり得ない。防衛費増額を求めてきた人も疑問を呈しており、元自衛艦隊司令官の香田洋二さんは本紙の取材に「身の丈を超えたものになっています」。

もっと時間をかけて広範な議論をすべきだったのではないか。国民に覚悟を求める重大事なのにあまりにも拙速で乱暴な政治である。「平和には戦争以上の努力と忍耐が必要なんです」。そんな中村さんの言葉もこれでは空しく響いてしまう。

ゆりなさんのペンケース　12・19

薄茶色の小さなペンケースが売られていた。バナナの茎を素材にしたやさしい手触り。買いたいと私が言うと、ゆりなさん(24)は驚いたようだった。「自分がつくったものが売れるのを見るの、初めてだから」。彼女の目に涙がわっとあふれた。

先月、長野市の住宅街にある一軒家を訪ねた。人とのつきあいが苦手で、生きづらさに悩む若者たちの就労を支援する場「学び舎(や)めぶき」。貧困や育児放棄、本人の発達障害と理由は様々だが、不登校や引きこもりなどを経験した人たちが集まる。

「失敗しても何度でもやり直せる。誰もが大丈夫だよと言いあえる居場所をつくりたくて」と代表の永井佐千子さん(45)は言う。壁にかかった色紙には大きく「大丈夫」の一言。企業の支援もあり、無料で通える。数人の若者が料理や手芸品づくりをしていた。

いまや全国で不登校の小中学生は過去最多の24万人に上る。彼らが学齢期を終えた後、いかにこの社会で自立していくのか。永井さんはその橋渡しになろうとしている。

もちろん、うまくいかないことも多い。めぶきに来るようになった後も再び引きこもる人がいる。就職先を紹介されても続かない人もいる。資金繰りは常に苦しい。

ゆりなさんははにかんだような表情で話していた。「人間関係がダメ。わたしはもうダメなときはまったくダメだから」。三つ続いたダメが心に残った。ペンケースはいまも私のカバンに入っている。手にするとつぶやきたくなるときがある。「大丈夫」

自衛隊と性暴力　12・20

「過去にあなたに起きたことは変えられません」。記者たちは性被害の証言を記事にしようとしたとき、まずそう言ったそうだ。冷たく聞こえるかもしれないが、被害者に誠実であろうとするもの。ハリウッド映画界での性暴力を暴いたニューヨーク・タイムズの話である。

ただ記者たちは続けてこうも言った。「でも、真実のために力を合わせれば、今後、ほかの人が傷つくのを防げるかもしれません」。悩みながらこれに首肯した人々の告発記事が出たのは5年前。「#Me　Too」の動きは一気に世界に広がった。

日本での重い告発も新たな被害を防ぐことにつながると信じたい。元自衛隊員の五ノ井里奈さん(23)が男性隊員から性暴力を受けたと訴えていた問題で、遅ればせながら防衛省が隊員9人の処分を発表した。

改めて怒りを覚えるのは性暴力を隠蔽(いんぺい)しようとした言動だ。停職となった30代の中隊長は五ノ井さんの訴えを受けながら調査もしなかった。理由はなんと「訓練が忙しかった」。自衛隊は国民を守るためにある。目の前にいる一人の人間の苦しみにさえ向き合えずにそれができるのか。告発を受けたパワハラやセクハラの訴えは１４１４件に上る。ぜひとも調査を尽くしてほしい。

五ノ井さんは東日本大震災での救援活動を見て自衛隊にあこがれた。きのう都内で開いた会見で今回の対応への強い不満を示しつつ、こうも話していた。「自衛隊は変わらない、と言う人もいますが、私は変わると信じています」

アイ・アム・サム　12・21

サムはスターバックスで働きながら、男手ひとつで娘を小学生まで育てた。ただ知的障害があり、７歳児レベルの知能だと診断されていた。子どものためにならない、と２人は福祉行政の手で引き離される。米映画「アイ・アム・サム」である。

養育権をめぐる法廷で検事が言い放つ。「この先、どうやって育てるんですか。子どもが7、10、13歳になれば、あなたより知能が進む。どうやって？」。娘への愛情のほかに多くの言葉を持たないサムは、もう質問はやめてくれ、と繰り返す。

たとえ善意のつもりでも、弱い立場の者への問いは、逃れようのない指示に変わることがある。子供はどうするという確認。不妊処置という提示。結婚や同居を望むカップルは本当の気持ちを伝えられたのか。北海道の知的障害者施設で、8組が不妊処置に応じていた。

示す選択肢がなぜいきなり手術になるのだろう。記者会見でのやりとりを読んでも理解しがたかった。今回のことが始まったのは１９９６年ごろという。同じ年に優生保護法が改まり、障害者らへの強制不妊手術は禁じられた。そのためではないと信じたい。

驚くことに、施設入所者による出産や子育てを、いまの仕組みは想定していないと聞く。彼らの境遇に社会が冷ややかだったことの表れでもあろう。

映画の中では、飲食店での支払いで小銭の計算にてこずるサムを、列に並んだ人たちがうんざりした顔で見つめる。同じ目をしてはいないかと、心の鏡に自分を映してみる。

2022年創作四字熟語　12・22

中国の詩文に由来する露往霜来（ろおうそうらい）という言葉がある。気がつけば秋の露は消え、冬の霜がおりる。月日の移ろいは早い。今年はロシアのウクライナ侵攻に明け暮れ、「露欧争来」と自己流で書き表したい1年であった。以下、住友生命が募集した恒例の創作四字熟語でふり返る。

新型コロナのワクチン接種が進み、お盆は3年ぶりに行動制限なしとなった。駅や空港では「帰省歓輪（きせいかんわ）」の笑顔が満開に。その後開業した西九州新幹線かもめは、長崎と佐賀の間を「鷗奔西走（おうほんせいそう）」している。海外からの個人旅行解禁で、年末年始の観光地が「遠客再来（えんきゃくさいらい）」となればいいのだが。

感染の波が一時引いても値上げの波がまた寄せる。ソーセージやヨーグルトなどは文字通り「価高食品（かこうしょくひん）」となった。セールをやっていないかという「安求模索（あんきゅうもさく）」はいつまで続くのやら。

スポーツ界は記録に沸いた。夏の甲子園は、仙台育英が東北勢で初優勝。満塁の好機に放った本塁打で「紅旗奥来（こうきおうらい）」を果たした。本塁打といえばヤクルトの村上宗隆選手だ。王貞治さんの記録を抜くシーズン56号の偉業は「王偉継宗（おういけいそう）」と言うにふさわしい。

英国のエリザベス女王を悼む長い葬列には驚いた。ありし日の姿を「永刻女王」として胸に刻んだのだろう。

募集の締め切りは10月下旬。先ごろ閣議決定された安保3文書を自作で補いたい。敵基地攻撃能力（反撃能力）を保有しても専守防衛はそのまま、と岸田首相は言う。それは敵に先んずる「先手防衛」なのでは。不安が募る。

しんしんしんしん　12・23

詩人・草野心平の作品は目に訴えるものが少なくない。「しんしんしんしん／しんしんしんしん／しんしんしんしんゆきふりつもる／しんしんしんしんゆきふりつもる／しんしんしんしんゆきふりつもる／しんしんしんしん／しんしんしんしん」

ひらがな92字の詩「ゆき」である。執拗な繰り返しから浮かぶのは、いつやむともなく降り続く雪の情景だ。下界を真っ白に変貌させ、一切を包む。省略しては、詩の趣向が伝わらない。全文を引用した。

クリスマスを越えて週明けまでという長い間、日本海側を中心に大雪の恐れがあると気象庁が警戒を呼びかけている。ただでさえ忙しい年末なのに。家族旅行を楽しみにしているのに。灰色の空にそう気をもんでいる方も多かろう。

油断は禁物だ。厳冬期の北海道で車中泊の訓練をしたことがある。外は零下14度。エンジンをかけずにワゴン車に乗り込んだ。もし暖をとると、寝込む間に雪が積もって排ガスが逆流すると教わったからだ。

毛糸の帽子にダウンコートにタイツと、かなりの厚着で臨んだつもりが、つま先からしびれてきた。眠れない。新潟県でトラックなどが立ち往生した図に、あの時を思い出した。これを書いている時点で、佐渡市ではまだ停電が続く。もう5日目という。足元の備えを確認したい。

冬至を過ぎて、きょうから日が伸びていく。寒さに震えている各地の人々のためにも、お天道さま、もう少し頑張ってもらえまいか。

11年前の誓い　12・24

あの年の3月。福島県浪江町の佐藤真理子さんは不安を語った。「原発が爆発して2回も避難した。これからどうなってしまうの」。4月、102歳の大久保文雄さんは飯舘村の自宅で命を絶った。「俺、ちと長生きしすぎたな。嫌なもの見ちまった」

1年後。南相馬市の松岡柊哉（とうや）ちゃんは、6歳の夢として「大きくなったらお金持ちになりたい。津波でも流されないお家（うち）を買って、家族みんなで住むんだ」。81歳の大森邦夫さんは富岡町への仮帰宅をふり返る。「庭の杏（あんず）はきちんと黄色く熟れていた。でも、取って食べてやることすらできない」

かつての記事から、東日本大震災での福島被災者の声を読み返している。あの時、どんな未来をこの国はめざしたのか。わずか11年で、こうもあっさり忘れられるものなのか。きのうの記事と机の上に並べて、気持ちを抑えられずにいる。

岸田政権が、原発を「最大限活用する」とした新方針をまとめた。想定せずとしていた原発の建て替えを進める。新設も検討する。60年を超えて運転出来るようにする。まるで話が違う。そうでありながら「福島復興はエネルギー政策を進める上での原点」「事故への反省と教訓を一時も忘れず」といった文字が、臆面もなく新方針に並ぶ。

心にばつの悪さが生じると耳が赤らむ。そこから「恥」という字が出来たと、白川静さんの『常用字解』にある。「聞く力」の人の耳は、ほんの一瞬でも赤く染まっただろうか。そうでなければ、悲しすぎる。

クリスマス休戦と絵本　12・25

反戦の願いを込めた絵本をつくっていたら、本当の戦争が起きてしまった。絵本作家の鈴木まもるさん(70)は今年2月、ロシアによるウクライナ侵攻に衝撃を受けた。色鉛筆を使い、暖かみのあるタッチで描いた『戦争をやめた人たち』は、ほぼ完成していた。

鳥の巣研究家でもある鈴木さんを静岡県下田市郊外に訪ねた。まきストーブが置かれた仕事場に、無数の鳥の巣が並ぶ。これまでの作品では鳥や動物など「いのち」を多く扱ってきたが、対極の「戦争」をいつか描こうと決めていたそうだ。

同作のテーマは、第1次世界大戦中に欧州の西部戦線で実際にあった「クリスマス休戦」だ。1914年のイブから翌日にかけ、塹壕(ざんごう)で「きよしこの夜」を歌ったのを発端に、敵対する独英両軍の兵士らが武器を置き、つかの間の交流をした。

手作りのボールで興じたとされるサッカーの場面で、物語は最高潮に達する。締めくくりは「たくさんの生命が生きているのが地球という青い星なのです」としたが、ウクライナ侵攻で「もっと適した表現がある」と感じた。

新たな戦争が始まったと書くか。未来につながる言葉はないか。下書きには、何度も書いては消した跡があった。悩んだ末の結びは「この星に、戦争はいりません」。多様な民族衣装で手をつなぐ人々を、鳥や虫が囲む。

鳥の巣と絵本には卵や子どもを守り育てる共通点がある。１０８年前の「奇跡」を読んで、小さな生命を守ることすら難しいウクライナの戦場を思う。

アトムの足音　12・26

ロボットが歩くと、どんな音がするか。まず浮かぶのは、ガシャとかカチャといった金属音ではないだろうか。でも、そのロボットが人間の心を持っているとしたら——。「音の神様」と呼ばれ、92歳で亡くなった音響デザイナーの大野松雄さんは60年前、新しい音でこの問いに答えた。

手塚治虫の漫画が原作の国産初の連続テレビアニメ「鉄腕アトム」は、１９６３年の元日に始まった。「コッコッ」だったアトムの足音を変えるため、大野さんに声がかかった。未来っぽさとアトムのかわいらしさを表現する音が求められた。

できあがったのは、「ピュッ」と「キュッ」の中間のような独特の音だった。いまではよく聞く電子音に似ているが、大野さんの足跡をたどったドキュメンタリー映画で、打楽器のマリンバだと知った（「アトムの足音が聞こえる」）。テープに録音し、手動で逆に再生したものだという。アトムの音響は、その後の映像芸術にも大きな影響を与えた。日本の効果音の先駆者だが、人生は波瀾（はらん）万丈だったようだ。アニメや記録映像などの音響を手がけた後の70年代末ごろから突然、姿を消す。

同映画では、仕事仲間たちが「借金取りに追われた」などと話している。その間、かつて映像の仕事で関わった滋賀県の障害者施設で、演劇発表会などの演出をしていた。

型破りな音を送り出した大野さんは、「存在する音に僕は興味がない」と話していた。天国でも、まだ聞いたことのない音を探しているだろうか。

＊12月19日死去、92歳

影武者騒動の結末　12・27

筒井康隆さんによる歌舞伎戯曲『影武者騒動』は、登場人物の紹介から面白い。百姓の沢庵（たくあん）「実は北条時政　実はやっぱり沢庵」で、娘の夫「十作　実は佐々木四郎左衛門高綱」、十作の息子「小四郎　実は高綱の実子」。始まる前からドタバタ劇になるのがわかる。先の臨時国会で政治資金や旧統一教会の問題が追及された秋葉賢也復興相が、きょうにも交代するという。秋葉氏の名前入りのたすきをした次男は「影武者」と呼ばれた。「復興相　実は息子　やっぱり本人、でも更迭されて前復興相」か。

この2カ月間の岸田内閣の混乱ぶりは笑い話にならない。問題が発覚し、批判が高まり、更迭が決まって形式上の辞表を出すとの流れがパターン化した。あれだけ女性や性的少数者らの差別発言をした杉田水脈（みお）総務政務官がなぜ起用され、かばわれたのかも理解に苦しむ。

責任は任命した岸田首相にある。「聞く力」は自己を客観視でき、揺るがぬ強さがあって初めて効力を持つ。当選回数や派閥のバランスだけで閣僚を選ぶからこうなるのではないか。

政治指導者に必要な資質については哲学者セネカも説く。「まず第一に吟味すべきは自分自身であり、次は、今から始めようとする仕事であり、またその次は、仕事の相手」だと（『心の平静について』）。

冒頭の影武者騒動は、どれが本人でだれが影武者なのかわからなくなり山場を迎える。いや、いまはそんな複雑な話ではない。ふさわしい人材を選べばいいと思うのだが。

ありがとう図書館　12・28

ほぼ毎日利用している身に、年末年始の図書館の休みはつらい。思えば絵本を探したころから、文献や資料を求めて駆け込む現在まで、どれだけお世話になってきたことか。執筆に行き詰まって書棚の間をさまよう日々だ。

司書が細やかに調べ当てる資料は、自力のネット検索では到達できない。門井慶喜さんの小説『おさがしの本は』で主人公の司書は訴える。「図書館にはレファレンス・カウンターがあり、そこには人間がいるんです。（中略）血の通った人間が」

高い専門性を持つ司書が、非正規雇用で生活に苦しんでいる。地方自治体が経費削減で正規雇用を減らしているためだ。「手取り9万8千円」の記事に、もしやあの親切な司書さんもと思う。

国が図書館へ「拉致問題関連本の充実」を求めた時は、蔵書選びに口を出すのかと驚いた。「さまざまな問題や思想が、まんべんなく」ある方が「自分でものを考えられる余地が広がる」と言う門井さんに共感する。

国家介入が行き着く先に、何があるのか。「同性愛宣伝禁止法」が成立したばかりのロシアで、村上春樹さんの本を含む処分リストが図書館に届いたという。ロシアはウクライナ侵攻で、多数の図書館を破壊した。

大英博物館図書館の閲覧室で、マルクスが30年通って座り続け、『資本論』などを書いた「G7」の座席を見たことがある。能力に応じて働き、必要に応じて受け取る——司書受難のいま、この言葉が図書館から生まれたのは皮肉というしかない。

私たちは何も知らない　12・29

いったい何を話したのか。どれほど重要な秘密だったのか。何でも知りたいのは記者の常だが、この場合、特定秘密保護法が漏洩(ろうえい)を厳しく禁じている。海上自衛隊の1等海佐が機密情報を漏らしたとして書類送検された事件だ。

「どの部分が特定秘密に当たるのかは分からなかった」。機密を教えられた元海将は警務隊の取り調べのときでさえ、黒塗りの文書を見せられたと共同通信に語っている。「真っ黒だから何か分からず、話が通じない状態だった」

あなたは秘密を聞きましたか。何が秘密かは秘密ですけど——。まるでそんな法律である。国会の強行採決から9年。違反摘発は初めてだ。当時の不安な気持ちを思い出した。

公表できない情報があるのは理解できる。でも政府の恣意的な運用はないのか。国民の知る権利は脅かされていないか。第三者のチェックは十分とは言えない。政府高官の判断をただ信じろと言われても、森友問題の公文書改ざんを見れば無理があろう。

ベトナム戦争のとき、元米国防総省職員のダニエル・エルズバーグ氏は、機密文書「ペンタゴン・ペーパーズ」を暴露した。米政府の不正義を明かすものだったが、同氏は国家の安全に危害を与えたとして起訴されてしまう（後に棄却）。

米紙は教訓として記した。「機密を決める担当者の関心は国家の安全ではなく、政府に都合が悪いかどうかの場合が多い」。その指摘が正しいか分からない。今回の事案を含め私たちは秘密の中身を何も知らない。

今年亡くなった人たち　12・30

なぜだか年の暮れになると、その年に亡くなった方々の顔が頭に浮かんでくる。エリザベス女王をはじめ、今年は各界を代表する人が相次いで不帰の客となった。故人をしのびつつ、この1

年の漢字「戦」を絡めて、はて彼らが戦っていたのは何だったかと考えてみる。

「世界一強い男を証明したい」。若きアントニオ猪木氏の挑戦はモハメド・アリとの戦いだった。「世紀の凡戦」とも言われたが、あの試合を知る世代には忘れえない昭和の光景。泉下の再戦も想像したくなる。

参院の選挙戦のさなか安倍晋三元首相は凶弾に倒れた。「こんな人たちに負けるわけにはいかない」。その一言が示すものは、異なる考えとの対決をあらわにした政治だったか。

歴史の忘却と戦う人が逝った。「戦争の愚かしさ、恐(こわ)さ、罪深さ」を伝えねばと旧満州からの引き揚げを語り続けた俳優の宝田明氏。東京大空襲の「炎の夜」を生きのびた作家の早乙女勝元氏。山脇佳朗氏は長崎の被爆の語り部だった。

〈暗闇のなかで誰かが哭(な)く／いつまでも〉。韓国の詩人金芝河(キムジハ)氏は獄中から軍事独裁に抗議した。中国でも「自由や民主が必要」と元総書記秘書の鮑彤(パオトン)氏は訴えた。冷戦を終結させたゴルバチョフ氏、「赤狩り」に抗した米俳優マーシャ・ハント氏も没した。

言及したい人は尽きないが、紙幅がない。ウクライナでの戦争の犠牲者に思いをはせつつ、この1年に起きたことの重みを改めて痛感する。〈年を以(もっ)て巨人としたり歩み去る〉高浜虚子。

＊本文や巻末の「主な出来事 ２０２２年7月―12月」に訃報の記載がない方々については以下です。宝田明さん・3月14日、87歳。早乙女勝元さん・5月10日、90歳。山脇佳朗さん・9月17日、88歳。マ

2022・12月

ーシャ・ハントさん・9月6日、104歳。

まさか逆さま？ 12・31

朝起きて、見慣れた自分の顔を鏡で見る。不思議だ。右と左は鏡のなかで逆になるのに、なぜ上下は反転しないのだろう。片目をつぶってみたり、顔を斜めにしたりしても変わるのは左右だけ。

ひょっとして私の目が横についているからか。それとも地球の重力のせいか。なんでもプラトンの時代から続く古典的な問いだそうだが、いまだに決定版の答えは見つかっていないとか。見方を変えれば、上と下はそれぐらい固定された前提なのかもしれない。オランダの抽象画家モンドリアンの絵が75年以上にわたって逆さまに展示されていた、とのニュースが話題になったのも上下反転が驚きだったからだ。

美術の専門家たちは面目なかっただろう。「正しい向き」でなくても「最もニューヨークらしい絵」と高く評価されていた。「きょう認められている考えのすべては、かつて常識外れだった」と言ったのはバートランド・ラッセルだったか。固定観念にとらわれるとき、真実は見えにくくなる。

夏目漱石は『吾輩は猫である』で逆さに見る比喩をあげ、発想を転換する大切さを説いた。猫氏いわく「偶(たま)には股倉から『ハムレット』を見て、君こりゃ駄目だよ位にいう者がないと、文界も進歩しないだろう」。

きょうは大みそか。激動の1年を振り返りつつ、新たな年を思って心に刻む。右でもなく左でもなく、上や下にもこだわらない。「まさか逆(さか)さま」は逆から読んでも「まさか逆(さか)さま」。どこまでも自由な発想の小欄でありたい。

2022・12月

主な出来事　２０２２年７月—12月

（日付は原則、日本時間）

７月１日　サハリン２をロシア側へ譲渡するよう命令する大統領令にプーチン氏が署名
２日　携帯電話大手ＫＤＤＩで、全国的に大規模な通信障害が発生
５日　米国で独立記念日のパレード中に銃撃事件が起き、７人が死亡、30人以上が負傷
７日　ジョンソン英首相が辞任を表明。不祥事への対応に批判が集まる
　　　東京都の新型コロナ感染状況について専門家会議が「第７波」の可能性を指摘
８日　安倍晋三元首相が奈良市で参院選の街頭演説中に狙撃され、死亡
10日　自民党が今回の参院選で争われた１２５議席の過半数を単独で確保した
11日　旧統一教会が会見。安倍元首相を銃撃した容疑者の母は会員だと認めた
13日　男女平等の達成度ランキングで、日本は主要先進国で最下位の１１６位に
16日　インドネシアのバリ島でのＧ20が閉幕。共同声明はまとめられず
17日　将棋の藤井聡太棋聖が棋聖戦３連覇。タイトル獲得は歴代単独９位の通算９期に
19日　フィギュア男子五輪連覇の羽生結弦が競技の一線から退くと表明
20日　第１６７回芥川賞に高瀬隼子さん『おいしいごはんが食べられますように』、直木賞に窪美澄さん『夜に星を放つ』が選ばれた
21日　欧州中央銀行が11年ぶりに政策金利の引き上げを決定
23日　新型コロナの１日あたりの国内新規感染者が初めて20万人を超えた
24日　鹿児島県の桜島が初めて噴火警戒レベル５になり、島内の一部に避難指示が出された
　　　大相撲名古屋場所で平幕逸ノ城が初優勝。コロナ禍で力士の休場が相次いだ

25日　厚労省が、国内初のサル痘感染者を確認したと発表。欧州に渡航歴のある男性

26日　東京・秋葉原の無差別殺傷事件で加藤智大死刑囚(39)に死刑執行

東京地検特捜部が五輪組織委の元理事宅と電通本社を捜索。受託収賄容疑

29日　ミニシアターの先駆けの映画館「岩波ホール」(東京・神保町)が閉館した

8月1日　最低賃金の目安が全国加重平均961円に。過去最大となる31円の引き上げ

2日　甲子園球場で全国高校女子硬式野球選手権決勝が開催され、横浜隼人が初優勝

プロ野球・ヤクルトの村上宗隆が日本史上初となる5打席連続本塁打を達成

3日　ペロシ米下院議長が訪問先の台湾で蔡英文(ツァイインウェン)総統と会談。中国は対抗措置

4日　中国の弾道ミサイル5発が日本の排他的経済水域(EEZ)内に落下

5日　建設工事受注めぐる統計不正、8年間で計34・5兆円の過大。国交省が訂正

6日　米国の広島への原爆投下から77年。平和記念式典に99カ国の代表が参列

7日　ウクライナの原発敷地にミサイル攻撃。ウクライナ、ロシア双方が非難

9日　総務省によると、東京圏の日本人の人口が調査開始以降、初めて減少に

原爆投下77年となった長崎市で平和祈念式典。核禁条約批准迫る声相次ぐ

10日　大リーグで大谷翔平が1シーズンで2桁勝利2桁本塁打を達成。104年ぶりの快挙

11日　世界的なファッションデザイナーの森英恵さんが死去、96歳

15日　77回目の終戦の日、東京での全国戦没者追悼式に遺族ら約1千人が参列した

17日　東京地検特捜部が東京五輪組織委の高橋治之・元理事を逮捕。受託収賄容疑

19日　厚労相が新型コロナの感染者の「全数把握」を見直す意向を示した

20日　クリミア半島のロシア黒海艦隊司令部を無人機が襲撃し、ロシア側が撃墜

22日　夏の全国高校野球選手権で仙台育英（宮城）が東北勢として初の全国制覇
24日　岸田首相が原発新増設を検討すると表明。原則40年の運転期間の延長も検討
　　　稲盛和夫さん死去、90歳。京セラ、ＫＤＤＩを創業、日本航空（ＪＡＬ）の再建を主導
26日　安倍元首相の国葬費用２・５億円を閣議決定。弔意表明は見送った
27日　核不拡散条約（ＮＰＴ）の再検討会議が最終文書を採択できず再び決裂した
29日　霊感商法の被害防止策や救済策を話し合う消費者庁の有識者検討会が初会合
30日　ミハイル・ゴルバチョフさん死去、91歳。旧ソ連最後の最高指導者
9月5日　静岡県の認定こども園の３歳女児が死亡。登園時に送迎バス内に放置か
　　　英国の与党・保守党の党首選でトラス外相が勝利。３人目の女性首相に
7日　新型コロナの水際対策が緩和され、１日の入国者数の上限が２万人から５万人に
8日　自民党は所属国会議員１７９人に、旧統一教会側と接点があったと公表
　　　英国のエリザベス女王が死去、96歳。在位は70年余で歴代最長。19日に国葬が営まれ天皇、皇后ら各国の要人や王族が出席した
9日　政府が低所得世帯への給付金やガソリン補助金延長などの物価高対策を決定
11日　沖縄県知事選が投開票され、「オール沖縄」が支える玉城デニー氏が再選
14日　五輪汚職事件でＫＡＤＯＫＡＷＡの角川歴彦会長を東京地検が逮捕。贈賄容疑
16日　全国の１００歳以上の高齢者が初めて９万人を超えたと厚労省が発表
20日　基準地価が３年ぶりに上昇。在宅勤務が広がり、住宅地は31年ぶりに上がった
21日　ロシアのプーチン大統領が「部分的な動員令」を発動。予備兵30万人を招集へ
22日　政府・日銀は、ドルを売って円を買う「為替介入」を24年ぶりに実施

23日　佐賀県と長崎県を結ぶJR九州の西九州新幹線（武雄温泉―長崎）が開業した
24日　台風15号で静岡県に記録的大雨。2人死亡、1人行方不明に
27日　安倍元首相の国葬が挙行された。首相経験者の国葬は吉田茂氏以来戦後2人目
29日　日本と中国が国交を正常化してから50周年。両首脳がメッセージを交換した
30日　ロシアのプーチン大統領、軍事占領したウクライナの4州の併合を一方的に宣言
　　　落語家の三遊亭円楽さん死去、72歳。「笑点」の毒舌キャラなどで広く愛された
10月1日　元プロレスラーのアントニオ猪木さん死去、79歳。「燃える闘魂」で人気に
3日　ヤクルト村上が史上最年少で三冠王獲得。56号本塁打も放つ
4日　北朝鮮が弾道ミサイルを発射し、日本上空を通過。飛距離は最長の約4600キロ
7日　ベラルーシ、ロシア、ウクライナの人権活動家や団体の計3者にノーベル平和賞
8日　ロシアが実効支配するクリミア半島とロシア本土をつなぐ「クリミア橋」で爆発
11日　新型コロナの水際対策が大幅緩和。政府の全国旅行支援も始まる
13日　政府が現行の健康保険証を2024年秋で廃止する方針を表明。「マイナ保険証」に
16日　サッカー天皇杯でJ2のヴァンフォーレ甲府がJ1サンフレッチェ広島を破り初優勝
20日　東京外国為替市場で円相場が一時、1ドル＝150円台まで下落
　　　英トラス首相が辞任表明。減税策の撤回などが響き、史上最短の任期での辞任に
22日　天皇陛下が即位後初めて沖縄県を訪問し、沖縄戦の遺族らと対面した
23日　中国共産党の新しい指導部が発足。習近平総書記の3期目は「1強体制」に
24日　山際大志郎経済再生相が辞任。旧統一教会との関わりが次々と表面化していた
25日　英国のリシ・スナク元財務相が首相就任。英国初のアジア系首相に

27日　バイデン米政権が、核政策の指針となる「核戦略見直し」(NPR)を公表

28日　「餃子(ギョーザ)の王将」社長の射殺事件で、工藤会系組幹部の男を殺人容疑で逮捕

日銀は2022年度の物価上昇率を前年度比2・9%とし、前回から引き上げた

29日　ソウルの繁華街・梨泰院で雑踏事故。死者156人、負傷者190人以上に上る

30日　プロ野球のオリックスが26年ぶりの日本一。日本シリーズでヤクルトを下す

11月5日　サッカーJ1で横浜F・マリノスが3年ぶり5度目の優勝。川崎の3連覇阻む

6日　全日本大学駅伝で駒大が大会新記録で優勝。史上初となる3度目の3連覇を達成した

7日　原発事故の対応費が12・1兆円に上ると会計検査院。政府に想定額の検証促す

8日　皆既月食と天王星食の「ダブル食」が見られた。次の機会は322年後

11日　「死刑のはんこ」発言の葉梨康弘法相が辞任。岸田首相が続投方針を一転し事実上更迭

元プロ野球投手の村田兆治さん死去、72歳。「マサカリ投法」で知られ、通算215勝

13日　米中間選挙で、バイデン政権の民主党が上院の多数派維持確実に

15日　世界の総人口が、国連推計で80億人に到達

17日　岸田首相は中国の習近平国家主席と会談。首脳会談は3年ぶり

20日　岸田首相は政治資金問題などが相次いでいた寺田稔総務相を事実上、更迭

22日　文科省が旧統一教会に質問権を行使。オウム事件を機にできた権限の行使は初

塩野義製薬の新型コロナ薬を厚労省が緊急承認。国産飲み薬では初

23日　サッカーW杯で日本がドイツに勝利。優勝経験国に勝つのは初。12月2日にはスペインを破り決勝トーナメント進出。12月6日にクロアチアにPK戦で敗れ、8強進出ならず

25日　東京五輪・パラのテスト大会業務の入札で談合の疑い。電通などを家宅捜索

26日　台湾の統一地方選で、与党・民進党が惨敗。蔡英文総統が、党主席の辞任を表明
28日　岸田首相が、防衛費など関連経費を2027年度にGDP比2％にするよう指示
30日　江沢民さん死去、96歳。中国の元国家主席。経済発展路線を推進した

12月
1日　新型コロナに感染し、国内で亡くなった人の累計が5万人を超えた
4日　静岡県の保育園で園児を暴行した疑いで元保育士3人を逮捕
6日　AV出演被害防止・救済法違反容疑で、全国初の摘発。警視庁発表
7日　中国政府が、習近平指導部が堅持してきた「ゼロコロナ」政策を大幅に緩和
8日　岸田首相が防衛費の財源確保へ増税の検討を表明。2027年度に向け1兆円強
10日　旧統一教会問題を受けた被害者救済新法が与野党の賛成多数で成立し、国会は閉会
　再婚後に生まれた子は、「現夫」の子とする改正民法が成立
12日　2022年の世相を表す漢字は「戦」。日本漢字能力検定協会が清水寺で発表した
16日　岸田政権は国家安全保障戦略（NSS）など安保関連3文書を閣議決定した
19日　サッカーW杯決勝でアルゼンチンがフランスをPK戦で破り、36年ぶり3度目の優勝
20日　東京電力福島第一原発事故の賠償指針を国が9年ぶりに見直し。増額し、対象も拡大
　日銀が金融緩和策を修正。長期金利の上限を「0・5％程度」へ引き上げ
21日　自民党の薗浦健太郎衆院議員が政治資金パーティー収入過少記載問題で議員辞職した
22日　政府が原発政策の転換方針をとりまとめた。新規建設と60年を超す運転を認める
26日　海自警務隊が特定秘密保護法違反容疑などで1等海佐を書類送検。同容疑では初
27日　岸田首相は政治資金問題が指摘された秋葉賢也復興相を事実上、更迭した
30日　金融大手5行が、1月に適用する固定型の住宅ローン金利を引き上げると発表

人 名 索 引

＊50音順。読み方の不明なものについては、通有の読み方で配列した。

カ　行

サ　行

タ　行

ナ　行

ハ　行

マ　行

ヤ　行

ラ　行

ワ　行

朝日新聞朝刊のコラム「天声人語」の2022年7月―12月掲載分をこの本に収めました。

まとめるにあたって各項に表題をつけました。簡単な「注」を付した項目もあります。新聞では文章の区切りに▼を使っていますが、本書では改行しました。年齢や肩書などは原則として掲載時のままです。掲載日付のうち欠けているのは、新聞休刊日のためです。9月30日までは、山中季広、有田哲文が執筆を担当しました。10月1日からは郷富佐子、古谷浩一、谷津憲郎が執筆を担当しています。青山直篤、後藤遼太、大久保貴裕が取材・執筆を補佐しました。

山中季広（やまなかとしひろ）
1963年生まれ。86年、朝日新聞社入社。社会部や国際報道部に在籍し、朝日新聞阪神支局襲撃、佐川急便事件、米同時多発テロなどを取材した。ニューヨークに2度、香港に1度駐在した。

有田哲文（ありたてつふみ）
1965年生まれ。90年、朝日新聞社入社。政治部員、経済部員、ロンドン特派員を歴任。財政や金融に関する取材が長く、リーマン・ショックやギリシャ債務危機を報道。

郷富佐子（ごうふさこ）
1966年生まれ。89年、朝日新聞社入社。社会部員、国際報道部員などを経て、マニラ、ローマ、ジャカルタ、シドニーで特派員を歴任。バチカンでローマ教皇の代替わりなどを報道。

古谷浩一（ふるやこういち）
1966年生まれ。90年、朝日新聞社入社。日本での勤務は前橋支局や大阪本社社会部など。中国での取材経験が長く、上海、北京、瀋陽で特派員を歴任した。南京大学と韓国・延世大学で研修留学も。

谷津憲郎（やつのりお）
1971年生まれ。94年、朝日新聞社入社。水戸、仙台支局を経て、社会部では主に遊軍を担当。沖縄に2度勤務し、沖縄国際大へのヘリ墜落事故や辺野古埋め立て承認などを取材した。

天声人語（てんせいじんご） 2022年７月―12月

2023年３月30日　第１刷発行

著　者　朝日新聞論説委員室

発行者　三宮博信

発行所　朝日新聞出版

〒104－8011　東京都中央区築地５－３－２

電話　03－5541－8832（編集）

03－5540－7793（販売）

印刷所　凸版印刷株式会社

Published in Japan by Asahi Shimbun Publications Inc.

ISBN978-4-02-251903-0

定価はカバーに表示してあります。

落丁・乱丁の場合は弊社業務部（電話03－5540－7800）へご連絡ください。

送料弊社負担にてお取り替えいたします。